RITZY

PAULINE-GAÏA LABURTE

RITZY

roman

ALBIN MICHEL

Pour M. et M.
À mes parents

« Where Ritz goes, we shall follow. »

Édouard VII, roi d'Angleterre
(1901-1910)

Küssnacht, 1915

Tous les après-midi, le carnet. Les pages jaune thé, les bords cassants comme des feuilles mortes. Il s'assoit face aux montagnes bleues plongeant dans le lac, à la petite table de fer forgé, l'infirmière sert le goûter, illusion de pensionnaires civilisés prenant le *five o'clock*, ici, dans cette maison de fous.

Il tourne lentement les pages. Des confettis couverts d'écriture lui restent entre les doigts, s'envolent et se collent sur son veston trop serré. Il a pris du poids ces dernières années, les médicaments. Les boutons font faire des demi-lunes aux boutonnières. Il refuse pourtant les costumes envoyés de Paris. Vieille élégance, vieille arrogance. Il époussette les cendres de papier. Saletés impures, il ne supporte pas.

Dans le carnet, les noms sont illisibles, tachés par l'acidité des doigts, blanchis par le soleil et le temps. Absorbés par la cellulose. Aucune importance, il ne lit pas les mots. Tourner les pages suffit, le grain du papier sous le pouce et l'index. Il les voit, tous, les fantômes du passé et ceux du futur. Les vivants et les morts ; les pas encore nés.

Ils font leur entrée. Le grand escalier, le tapis, le salon. Proust entrechoque sa flûte de clicquot avec la bière d'Hemingway. Scott Fitzgerald entraîne Maria Callas sur un cha-cha-cha. Ils virevoltent et passent devant la table de Dodi et Diana, qui ne sont qu'à quelques heures du pont de l'Alma. Et dans un coin, Coco Chanel. Avec sa manie d'enchaîner les cigarettes comme des wagons de marchandises, les uns après les autres sans arrêt en gare. Dans sa chambre, il faut changer chaque matin les draps grenaillés par la cendre.

Il entend la musique de l'orchestre, les violons plaintifs et le piano langoureux. Il se faufile parmi les invités entre les tables impeccablement nappées. Éclat des salières et des cruchons facettés.

Une blouse blanche prend place à côté de lui. Il se souvient du nom : le docteur Egli. Il a toujours eu la mémoire des noms, indispensable dans l'hôtellerie, les clients aiment qu'on se souvienne d'eux. Il regarde encore le lac. Calme affligeant. Alors que sous son crâne, c'est la tempête.

Le médecin a tiré une chaise et lui parle doucement, déformation professionnelle. Des mots français. Toujours on lui parle dans cette langue. Monsieur Ritz, dit le médecin. Bien sûr, Ritz, c'est la France. C'est Paris !

Pourtant, il préférerait qu'on lui dise *Herr*. *Herr* Ritz. *Herr* Cäsar Ritz et non monsieur César Ritz. Il n'est plus César depuis longtemps.

L'autre continue à parler en français. Cäsar n'écoute que d'une oreille. Il est question de sa femme Marie-Louise et de son fils René. Ils n'ont pu obtenir de passeport, ils ne viendront pas. *Nein*, dit Cäsar. Il ne veut plus entendre ces mots, dans cette langue. *Nein*. Il ne veut plus qu'on lui parle de cette vie, la vie d'avant. L'empereur est mort, l'empire est disloqué, les vautours se sont partagé les restes. Le médecin tente encore une explication. *Das Krieg*. La guerre. Oui, Cäsar a entendu parler de la guerre. Il y a longtemps qu'il ne lit plus les journaux mais tout de même, la guerre, il n'a pas pu passer au travers. La sale guerre des tranchées des obus et des corps pris dans les barbelés. Encore un coup des Prussiens. Ou des Allemands comme ils se font appeler maintenant. Il se souvient de 1870 et des Parisiens qui criaient Au Rhin !

Le docteur Egli parle à une infirmière. Il faudrait rentrer. Le temps a fraîchi. On attend les premières chutes de neige pour cette nuit. Elle s'empare du coude de Cäsar. Il se débat, il n'aime pas qu'on le touche. *Lassen Sie mich allein*. Laissez-moi seul, qu'ils s'en aillent tous. Qu'ils le laissent en paix, enfin.

neiger, la pièce s'est obscurcie et on a allumé des chandelles pour y voir clair.

La grosse horloge sonne. Combien de coups ? Anton Ritz ne sait plus. Il se lève, sort de la maison sans prendre sa veste. Il reste sur le pas de la porte, une main sur le montant en bois. Toutes les maisons du village sont tournées vers la route ; il la regarde serpenter et se perdre dans le gris opaque du brouillard dans lequel la vallée se noie. Des flocons qui descendent lentement du ciel viennent s'accrocher dans ses cheveux. Le bruit du torrent, en contrebas, assourdi. Il se sent léger, il a oublié de manger, occupé qu'il est à attendre l'enfant.

Il lui a déjà choisi un prénom : Petrus Theodulus Cäsar. Petrus pour rendre hommage au premier évêque de Rome. « *Tu es Petrus, et super hanc petram aedificabo ecclesiam meam.* » Theodulus en référence au saint du même nom, martyrisé pour sa foi. Et Cäsar… eh bien, pourquoi Cäsar ? Il fait rouler l'un des gros grains de son chapelet entre son pouce et son index. Péché d'orgueil que ce prénom. C'est le choix de la mère. Cäsar pour son dernier enfant, elle l'espère. Cäsar le benjamin, le roitelet. Cäsar, promis à une grande destinée, si Dieu le veut. Anton s'est incliné. Il n'a jamais rien su lui refuser. Quand Kreszentia Ritz a une idée en tête, rien ne saurait l'en détourner.

On s'agite dans la pièce derrière lui. Une porte grince. Il entend un cri, un cri qui n'a plus rien à voir avec les douleurs de l'accouchement. Un cri strident de

Petrus Theodolus

À Niederwald, dans la vallée de Conches, la mère Ritz s'est mise à gueuler. On entend tout, d'une maison à l'autre ; le village n'est qu'une rangée de chalets au bois bruni par le soleil de la montagne valaisanne, pressés les uns contre les autres sur la pente raide entre la route et la forêt.

Une vieille sort de la maison des Ritz, une grande bassine de cuivre à la main. Elle s'arrête sur le seuil et glisse le tuyau de sa pipe en terre entre ses lèvres tachetées de nicotine. Elle lève les yeux vers l'ouest. Il a neigé cette nuit et le ciel est dégagé maintenant. La fumée de sa pipe s'élève toute droite dans l'air froid. On peut voir jusqu'au glacier d'Aletsch, à travers les mélèzes noirs qui ont perdu leurs aiguilles. Elle tire sur les pans de son foulard noir brodé de fleurs, plié en une grande pointe qui lui descend dans le dos jusqu'à la ceinture de sa jupe. Elle tousse un peu, crachote dans son poing fermé, essuie son nez humide dans un mouchoir blanc qu'elle fourre dans la manche de sa chemise en laine.

La neige arrive presque jusqu'en haut du soubassement en pierre qui soutient la partie haute, en bois, de la maison. Elle n'a qu'à descendre une marche et elle se penche, tenant la bassine à deux mains. Du bord du récipient, elle racle la couche givrée, qui crisse sous la morsure du cuivre. Lorsque la bassine devient trop lourde, elle s'aide de ses mains en coupe pour ramasser la neige. Il y a longtemps que ses vieux doigts ne sentent plus le froid, même les crevasses qui fendillent sa peau ont cessé de la faire souffrir. Elle ne s'arrête que lorsque la bassine est à moitié pleine. Alors, elle la soulève péniblement pour remonter la marche, avant de la traîner par une anse à l'intérieur.

Encore des cris. Pourtant, ce n'est pas son premier. Douze déjà. Un beau nombre. Comme les douze heures de jour et de nuit que compte une journée ; les douze mois de l'année ; les douze apôtres de Jésus. Celui-là sera le treizième.

La vieille soulève péniblement la bassine qu'elle met à chauffer sur le poêle pour faire fondre la neige. Un gamin de quatre ou cinq ans s'approche dangereusement de l'appareil en fonte brûlant. Elle le renvoie d'une taloche et il file cahin-caha sans demander son reste. La vieille tend ses mains vers le chauffage, mais rien à faire, ses doigts sont des baguettes dures et mortes.

À côté d'elle, sur un tabouret, le père est là, qui attend des nouvelles en égrenant son chapelet. Lui aussi

se dit : treize ! Et Anton Ritz se demande ce que sera la vie de cet enfant-là. Il regarde les autres se mouvoir autour de lui ; les filles qui cousent ou tricotent près des fenêtres ; les garçons qui s'amusent avec des animaux en bois grossièrement sculptés, ou s'ennuient, les mains enfoncées dans les poches. Anton Ritz fait le compte de sa descendance. Cinq, six. Les plus grands sont en apprentissage, ils ne rentrent plus que pour les fêtes. Ils verront leur nouveau frère ou leur nouvelle sœur pour les Pâques.

Pour les plus grands, il y a longtemps que l'excitation d'une nouvelle naissance leur a passé : ils en ont vu naître tant après eux. Les plus jeunes sont énervés – il y a de l'électricité dans l'air – mais ne comprennent pas ce qui est en train d'arriver, dans la chambre, à côté. Il n'y a guère que les cadets pour s'intéresser au mystère qui entoure les cris de leur mère et pour tendre l'oreille, inquiets, lorsque le silence se fait, entre deux hurlements.

La neige a fini de fondre. La vieille entoure la bassine d'un linge, la retire précautionneusement du poêle et pénètre dans la chambre. Les enfants dressent la tête, mais il n'y a rien à voir, dans l'entrebâillement de la porte, que l'extrémité du grand lit où les draps repoussés par la parturiente gisent en boule.

Les heures passent. Les ombres des meubles s'allongent sur le vieux parquet. Anton Ritz continue à réciter distraitement ses *Ave* et ses *Pater*. Il s'est remis à nouveau-né qui traverse la maison et l'atteint de plein fouet, en plein cœur. Il recule d'un pas. Sa main s'ouvre et les perles noires du rosaire glissent pour aller se perdre dans la neige à ses pieds.

23 février 1850. Le voilà père à nouveau, Anton Ritz. Et voici son fils, Petrus Theodulus Cäsar. César Ritz, prêt à bâtir un empire.

Petrus Theodolus

À Niederwald, dans la vallée de Conches, la mère Ritz s'est mise à gueuler. On entend tout, d'une maison à l'autre ; le village n'est qu'une rangée de chalets au bois bruni par le soleil de la montagne valaisanne, pressés les uns contre les autres sur la pente raide entre la route et la forêt.

Une vieille sort de la maison des Ritz, une grande bassine de cuivre à la main. Elle s'arrête sur le seuil et glisse le tuyau de sa pipe en terre entre ses lèvres tachetées de nicotine. Elle lève les yeux vers l'ouest. Il a neigé cette nuit et le ciel est dégagé maintenant. La fumée de sa pipe s'élève toute droite dans l'air froid. On peut voir jusqu'au glacier d'Aletsch, à travers les mélèzes noirs qui ont perdu leurs aiguilles. Elle tire sur les pans de son foulard noir brodé de fleurs, plié en une grande pointe qui lui descend dans le dos jusqu'à la ceinture de sa jupe. Elle tousse un peu, crachote dans son poing fermé, essuie son nez humide dans un mouchoir blanc qu'elle fourre dans la manche de sa chemise en laine.

La neige arrive presque jusqu'en haut du soubassement en pierre qui soutient la partie haute, en bois, de la maison. Elle n'a qu'à descendre une marche et elle se penche, tenant la bassine à deux mains. Du bord du récipient, elle racle la couche givrée, qui crisse sous la morsure du cuivre. Lorsque la bassine devient trop lourde, elle s'aide de ses mains en coupe pour ramasser la neige. Il y a longtemps que ses vieux doigts ne sentent plus le froid, même les crevasses qui fendillent sa peau ont cessé de la faire souffrir. Elle ne s'arrête que lorsque la bassine est à moitié pleine. Alors, elle la soulève péniblement pour remonter la marche, avant de la traîner par une anse à l'intérieur.

Encore des cris. Pourtant, ce n'est pas son premier. Douze déjà. Un beau nombre. Comme les douze heures de jour et de nuit que compte une journée ; les douze mois de l'année ; les douze apôtres de Jésus. Celui-là sera le treizième.

La vieille soulève péniblement la bassine qu'elle met à chauffer sur le poêle pour faire fondre la neige. Un gamin de quatre ou cinq ans s'approche dangereusement de l'appareil en fonte brûlant. Elle le renvoie d'une taloche et il file cahin-caha sans demander son reste. La vieille tend ses mains vers le chauffage, mais rien à faire, ses doigts sont des baguettes dures et mortes.

À côté d'elle, sur un tabouret, le père est là, qui attend des nouvelles en égrenant son chapelet. Lui aussi

se dit : treize ! Et Anton Ritz se demande ce que sera la vie de cet enfant-là. Il regarde les autres se mouvoir autour de lui ; les filles qui cousent ou tricotent près des fenêtres ; les garçons qui s'amusent avec des animaux en bois grossièrement sculptés, ou s'ennuient, les mains enfoncées dans les poches. Anton Ritz fait le compte de sa descendance. Cinq, six. Les plus grands sont en apprentissage, ils ne rentrent plus que pour les fêtes. Ils verront leur nouveau frère ou leur nouvelle sœur pour les Pâques.

Pour les plus grands, il y a longtemps que l'excitation d'une nouvelle naissance leur a passé : ils en ont vu naître tant après eux. Les plus jeunes sont énervés – il y a de l'électricité dans l'air – mais ne comprennent pas ce qui est en train d'arriver, dans la chambre, à côté. Il n'y a guère que les cadets pour s'intéresser au mystère qui entoure les cris de leur mère et pour tendre l'oreille, inquiets, lorsque le silence se fait, entre deux hurlements.

La neige a fini de fondre. La vieille entoure la bassine d'un linge, la retire précautionneusement du poêle et pénètre dans la chambre. Les enfants dressent la tête, mais il n'y a rien à voir, dans l'entrebâillement de la porte, que l'extrémité du grand lit où les draps repoussés par la parturiente gisent en boule.

Les heures passent. Les ombres des meubles s'allongent sur le vieux parquet. Anton Ritz continue à réciter distraitement ses *Ave* et ses *Pater*. Il s'est remis à

neiger, la pièce s'est obscurcie et on a allumé des chandelles pour y voir clair.

La grosse horloge sonne. Combien de coups ? Anton Ritz ne sait plus. Il se lève, sort de la maison sans prendre sa veste. Il reste sur le pas de la porte, une main sur le montant en bois. Toutes les maisons du village sont tournées vers la route ; il la regarde serpenter et se perdre dans le gris opaque du brouillard dans lequel la vallée se noie. Des flocons qui descendent lentement du ciel viennent s'accrocher dans ses cheveux. Le bruit du torrent, en contrebas, assourdi. Il se sent léger, il a oublié de manger, occupé qu'il est à attendre l'enfant.

Il lui a déjà choisi un prénom : Petrus Theodulus Cäsar. Petrus pour rendre hommage au premier évêque de Rome. *« Tu es Petrus, et super hanc petram aedificabo ecclesiam meam. »* Theodulus en référence au saint du même nom, martyrisé pour sa foi. Et Cäsar... eh bien, pourquoi Cäsar ? Il fait rouler l'un des gros grains de son chapelet entre son pouce et son index. Péché d'orgueil que ce prénom. C'est le choix de la mère. Cäsar pour son dernier enfant, elle l'espère. Cäsar le benjamin, le roitelet. Cäsar, promis à une grande destinée, si Dieu le veut. Anton s'est incliné. Il n'a jamais rien su lui refuser. Quand Kreszentia Ritz a une idée en tête, rien ne saurait l'en détourner.

On s'agite dans la pièce derrière lui. Une porte grince. Il entend un cri, un cri qui n'a plus rien à voir avec les douleurs de l'accouchement. Un cri strident de

Pourtant, il préférerait qu'on lui dise *Herr*. *Herr* Ritz. *Herr* Cäsar Ritz et non monsieur César Ritz. Il n'est plus César depuis longtemps.

L'autre continue à parler en français. Cäsar n'écoute que d'une oreille. Il est question de sa femme Marie-Louise et de son fils René. Ils n'ont pu obtenir de passeport, ils ne viendront pas. *Nein*, dit Cäsar. Il ne veut plus entendre ces mots, dans cette langue. *Nein*. Il ne veut plus qu'on lui parle de cette vie, la vie d'avant. L'empereur est mort, l'empire est disloqué, les vautours se sont partagé les restes. Le médecin tente encore une explication. *Das Krieg*. La guerre. Oui, Cäsar a entendu parler de la guerre. Il y a longtemps qu'il ne lit plus les journaux mais tout de même, la guerre, il n'a pas pu passer au travers. La sale guerre des tranchées des obus et des corps pris dans les barbelés. Encore un coup des Prussiens. Ou des Allemands comme ils se font appeler maintenant. Il se souvient de 1870 et des Parisiens qui criaient Au Rhin !

Le docteur Egli parle à une infirmière. Il faudrait rentrer. Le temps a fraîchi. On attend les premières chutes de neige pour cette nuit. Elle s'empare du coude de Cäsar. Il se débat, il n'aime pas qu'on le touche. *Lassen Sie mich allein*. Laissez-moi seul, qu'ils s'en aillent tous. Qu'ils le laissent en paix, enfin.

Des boas

Pour Cäsar, le temps ressemble à l'un de ces boas constrictors qu'il a vus sur les planches de vignettes d'Épinal colorées que les enfants de la vallée collectionnent comme des images pieuses. Le temps s'enroule autour de vous, vous enserre. Fait s'entrechoquer le chapelet de vos vertèbres, la mâchoire craque, ça vous remonte jusqu'au crâne, ça explose. L'été, la remue des chèvres par les sentiers de muletiers, les buglosses indigo, le fromage d'alpage cuit sur les pâturages ; l'hiver, les torrents gelés, les aiguilles de glace dégringolant des toits, l'odeur âcre du feu de sapin sec. L'infini étriqué des montagnes. Le changement perpétuel des saisons. Tous ces éléments tissent la trame qui vous prend au piège. Le soir, il observe le mouvement lent des aiguilles du gros réveil posé sur la poutre noircie de la cheminée, à côté de la lampe à pétrole. Dans trois générations, Einstein découvrira que le temps passe plus vite en montagne qu'en bord de mer. C'est la gravité du temps. Il n'a pas vécu à Niederwald.

Chez les Ritz, on naît dans le Valais et on y meurt depuis quatre siècles. Même les ancêtres, les Rissi, les Ritsio, les Rizzo, ne viennent pas de bien loin : le Piémont ou la Lombardie. L'Italie du Nord n'est qu'à trois cents kilomètres. Il n'y a eu qu'un aventurier dans la famille, Laurent Ritz, qui s'est installé à Brigue, à vingt-cinq kilomètres de là, autant dire à l'autre bout du monde. La vallée est un goulet d'étranglement. Personne n'y entre, personne n'en sort. À peine passe-t-on d'une rive à l'autre du jeune Rhône.

Le Valaisan est plus traditionaliste qu'un démocrate texan. Dix-huit ans seulement que les cantons de Lucerne, Uri, Schwytz, Unterwald, Fribourg et du Valais se sont révoltés. Le club des Sept, bien-pensants, bien catholiques, bien fédéralistes. Les Sept veulent la liberté du culte catholique ; les Sept veulent l'indépendance de l'Église ; les Sept refusent de se soumettre au gouvernement central. Les Sept sont écrasés par les radicaux protestants. Sans tambour ni trompette, même pas un petit bain de sang : quatre-vingt-dix-huit morts ! Alors que Lincoln part à l'assaut des Confédérés sous le tonnerre des canons, la guerre de Sécession suisse n'aura pas lieu. Tuée dans l'œuf avec le légendaire pacifisme helvète.

La vie de Cäsar, elle, suit un quadrilatère aux côtés figés : la maison, l'école, l'église, les pâturages. Et tandis que ses frères et sœurs quittent la maison, font leur apprentissage, se marient, perpétuent la longue et prolifique lignée des Ritz, lui rêve devant les cartes du maître d'école – des cartes striées de plis qui crient « Zürich ! », « Londres ! », « Paris ! » en gros caractères d'imprimerie. Après la classe, les moutons et les chèvres. Les gamins partent à la queue leu leu, baguette entre les mains, piaillant derrière les bêtes, *ayi*, *ayi*, *ayi*. Jouer la pastorale, ce n'est pas trop sa tasse de thé. Il n'aime pas le contact feutré de la laine sale et emmêlée des toisons blanches. Les montagnes, il rêve de les franchir. Voir ce qu'il y a de l'autre côté. Le monde.

La mère se rend bien compte que son dernier n'est pas comme les autres. Elle rêve toujours pour lui d'un grand destin. Elle a son idée bien à elle. Cäsar sera artiste ! Il y a des précédents : l'arbre généalogique des Ritz est parsemé de petits portraitistes, de sculpteurs d'autels et de peintres d'églises ou de panoramas alpestres. Et surtout, il y a le cousin, Raphaël Ritz, dont la notoriété dépasse les limites du canton. Ses peintures en teintes grises et brunâtres, que ses détracteurs qualifient de « sauce de Düsseldorf », rendent à merveille les paysages du plateau de Savièse, le Barbizon des paysagistes romans. Sa *Petite Cavalerie* vient d'être réservée par le roi Guillaume de Prusse pour son cabinet particulier. L'imagination maternelle entrevoit déjà Cäsar en peintre attitré d'une cour d'Europe, ou pourquoi pas, de Rome.

Cäsar ne sait pourtant pas tenir un fusain. Il ne sait d'ailleurs rien faire, ce qui ennuie le père, petit bonhomme travailleur et dévot. Anton Ritz ne partage pas les rêveries de la mère. Il verrait plutôt son benjamin moine ou curé et, lorsque l'ambition l'effleure, peut-être même abbé. Mais Kreszentia sait lui faire entendre raison : qui est-il, pour interpréter la volonté de Dieu ? N'est-ce pas une faute de présumer du chemin qu'Il a tracé pour chacun d'entre nous ? S'Il a décidé que Cäsar serait peintre, n'est-ce pas le devoir de son père de l'encourager dans cette voie ?

Alors Anton Ritz cède et envoie son fils de douze ans au collège jésuite, à Sion, afin d'en faire un homme éduqué. Sion, pour Cäsar, c'est la grande ville. La cité est un ancien bourg médiéval, qui s'écoule entre deux collines pierreuses, surmontées par deux sentinelles : le château de Valère, au sud, et celui de Tourbillon, au nord. Et toujours la neige en toile de fond, cette neige poudreuse et fraîche qui poussera Sion à se présenter trois fois pour obtenir les Jeux olympiques d'hiver, pour finir trois fois au pied du podium, derrière Denver, Salt Lake City puis Turin.

Pour son premier jour en ville, Anton Ritz a accompagné son fils. Tous deux se perdent dans ce qui leur semble être un dédale sans fin de rues. Ils tournent en rond, passent trois fois devant la vieille tour des Sorciers et ses toits noirs pointus. Le père insiste pour visiter l'église Saint-Théodule puis la cathédrale Notre-Dame. Dans le silence réverbéré par les croisées d'ogives, il atteint une paix intérieure qui met dans ses yeux des étoiles d'extase.

Cäsar grelotte. À genoux sur les grandes dalles de pierre nue, il ne sent aucune présence pénétrer son âme, mais seulement le gel qui glace son corps et laisse son esprit transi. Il souffle sur ses doigts, impatient et excité par le tumulte de la ville au-dehors, avide de voir Sion, de la saisir, de se fondre en elle, de faire partie de la foule qui l'habite. Tandis que ses yeux fixent le dos gris humblement courbé de son père, il ne sait pas qu'il ne se trouve qu'à cent mètres de l'avenue qui portera un jour son nom. Ses jambes fourmillent, il aimerait s'élancer, mais n'ose pas, tenu encore par ce sentiment inculqué du respect dû au père, à ce père tout-puissant à Niederwald, maire du village, chef de famille et qu'ici, à Sion, personne ne connaît.

Enfin ils quittent le vieux centre pour les rues commerçantes, se font indiquer l'atelier du forgeron chez qui Cäsar logera à l'année, les Ritz n'ayant pas les moyens de le mettre pensionnaire au collège. Finies, les douces odeurs du feu de sapin et de la paille de l'étable familiale. La forge, c'est l'odeur musquée de la sueur mélangée à la suie, le cuir brûlé du tablier, le charbon mouillé. Le père se signe, tandis que le fils aspire à pleins poumons les relents âpres de ce qu'il imagine être sa liberté.

Dès le lendemain, il entre chez les Jésuites. Le matin, classe à huit heures, et les patenôtres dites à genoux devant le crucifix accroché au mur de la salle. On étudie la grammaire du *Petit Béhourt* de Despautère, qui a coûté tant de larmes à la jeunesse. De Cicéron, *De amicitia* et *Pro Milone*. Les *Catégories* d'Aristote. Les jardins des racines grecques, les florilèges, les fleurs de la latinité. On bûche. Des thèmes latins des versions latines des vers latins. On s'initie à la parole efficace. La rhétorique de Fichet et celle de Faber. On argumente gravement sur des sujets pas toujours sérieux. Sophisme, syllogisme et autres. Et, par-dessus, encore, logique, métaphysique et morale, arithmétique, algèbre, géométrie, trigonométrie. Même le dessin, c'est encore la théorie, le *Laocoon*, le *Gladiateur*, l'*Hercule Farnèse*.

L'adolescent souffle, en fait le moins possible, exècre les mathématiques et la philosophie mais domine la classe de rhétorique. Il végète parmi les moyens, par manque de travail et non d'intelligence. Il écoute d'une oreille, retient tout, la mémoire exceptionnelle, mais n'approfondit rien.

Le plus dur, pour lui, c'est l'obéissance ; vertu cardinale chez les Jésuites. Si l'Église affirme que le blanc est noir, il faut bêler à l'unisson. Lui n'est pas panurgien pour un sou et a eu son compte de moutons. Il passe plus d'heures en retenue qu'en cours. Plus souvent agenouillé sur la réglette en fer que devant la croix en bois. Heureusement pour lui, Ignace de Loyola, très saint fondateur de la Compagnie de Jésus et lui-même dernier né d'une fratrie de treize, n'est pas un grand supporter de la contemplation. Rien de moins mystique qu'un jésuite. L'esprit pragmatique de l'adolescent s'en accommode fort bien.

Avec ça, les Jésuites défendent leur pré carré contre la *Kulturkampf* des radicaux protestants, qui voudraient limiter les libertés de culte et d'expression. Depuis 1848, nul jésuite ne saurait occuper une charge officielle. Vingt-six ans plus tard, c'en sera fini de la Compagnie de Jésus en Suisse. Les cols romains seront évincés au profit des robes noires. À Genève, on interdira le culte extérieur. La Ville du Lac sera Rome protestante. Les Jésuites ne feront leur retour que cent ans plus tard, à l'aube du XXIe siècle.

En attendant, on se replie, on se barricade derrière les murs du collège, on s'abrite dans l'ombre de la basilique fortifiée de Valère. On est sur ses gardes, on compte les têtes de son troupeau. On voit d'un mauvais œil les externes, ces élèves qui, le soir venu, franchissent la grande porte, se mêlent à la ville, aux hérétiques de l'impie Calvin. Cäsar en est. Dès qu'il le peut, il s'échappe, descend la colline, serre son écharpe autour de son cou : à Sion, il gèle un quart de l'année. Il croise ses premiers touristes. Ça parle allemand, italien, et surtout français. Cäsar apprend la langue. Exit le patois germanique de la vallée de Conches.

Ce sont des heures de liberté volées car le soir, c'est encore la discipline. Dans l'atelier enfumé du forgeron, il faut se pencher sur les planches à dessin, tracer les courbes et les volutes des rosaces et des feuillages qui serviront de modèle pour l'ornementation des grilles, des rampes, des serrures et des ferments, tout ce petit monde de métal qui passe par le feu avant d'être écrasé contre l'enclume par la tête du martinet. S'il aime observer les longs serpentins rouges que le forgeron mallée comme de la glaise molle, il a la poussière en horreur, cette poussière grasse de fer, de charbon, qui colle aux carreaux, aux vêtements, à la peau.

Trois années s'écoulent ainsi, entre l'antre noir du forgeron et le sanctuaire blanc du collège des Jésuites, sur la colline de Valère. Cäsar a fini son éducation, même si elle n'est pas celle que son père attendait : il a l'esprit entreprenant mais aucun goût pour l'effort, le sens du détail sans l'amour du dessin, il assiste aux offices et ne croit à rien. Il est certain de deux choses, pourtant : il ne retournera pas à Niederwald.

Il réussira.

Frappe à la porte

À la fin des trois ans, Anton Ritz s'impatiente. Cäsar ne montre aucune disposition pour les arts, ni pour aucune autre discipline. Pour le père, le message est clair : Dieu a tranché, Cäsar n'est pas destiné à la sculpture ou à la peinture. Le garçon est déjà bien plus instruit que nécessaire. Toute cette éducation coûte cher, les Ritz n'ont pas de fortune à part leur maison, leurs meubles, quelques chèvres et trois vaches. Il est temps que Cäsar vole de ses propres ailes. Sans en parler à son fils, Anton prend des contacts, à Loèche, Chalais, Martigny, se décide pour Brigue, argumente, négocie pour la première fois de sa vie, donne trois cents francs à Joseph Escher, le directeur de l'Hôtel Couronne et Poste et voilà Cäsar apprenti sommelier.

Il ne connaît rien au vin, à part les quelques bouteilles bues en cachette avec un camarade plus âgé chez les Jésuites, un vinaigre couleur brou de noix qui lui a brûlé la gorge et retourné l'estomac. Il apprend, pourtant : chasselas, sylvaner, muscat, petite arvine. L'Hôtel

Couronne et Poste a une cave bien fournie. César a appris la rhétorique chez les Jésuites et il s'en sert. Il se fait bonimenteur – notes de fleurs, arômes de glycine et de pamplemousse, intensité des fruits exotiques – lui qui ne connaît que les pommes, les poires, et les mandarines offertes à Noël. Il débite ses petits discours aux clients, avec la mauvaise humeur et la morgue d'un adolescent de quinze ans. Brigue, c'est encore le Valais. Encore les montagnes bleues, les sapins, les torrents et les hivers à n'en plus finir. Il a horreur de l'hôtel, du silence religieux du personnel, de la grand-messe du petit déjeuner, de la vie rythmée par la grosse cloche de l'église Saint-Sébastien, accolée au bâtiment.

La seule chose qui l'intéresse, ce sont les clients. Pas les familles faisant étape dans leur transhumance annuelle vers Saint-Moritz, mais les autres, ceux qui descendent à l'hôtel « pour affaires ». Il observe leurs manières, leurs gestes qui n'ont pas l'humilité enseignée à Niederwald et à Sion, leurs rires bruyants. Peigne sa moustache de jouvenceau pour leur ressembler, prend des airs, se ridiculise. Il se mêle aux clients, se fait rabrouer par le patron, qui ne le paie pas « À faire le pitre avec ces messieurs ». Il n'a pas la carrure de son ambition, ni d'ailleurs aucun objet d'ambition. Il veut parvenir ; mais à quoi ? Cette rage de réussir amuse les hommes d'affaires, ils se souviennent de leurs quinze ans. Ils le font venir à leur table, le questionnent, le taquinent, s'en vont et l'oublient.

Cäsar lui, n'oublie rien. Il écoute les conversations. On est en 1866, l'Europe bruisse des prémices de l'Exposition universelle qui se tiendra l'année suivante à Paris. On parle d'un gigantesque édifice ovale imaginé par l'ingénieur Jean-Baptiste Krantz et l'architecte Léopold Hardy. Une gare a été spécialement bâtie pour acheminer les matériaux. On nivelle la colline du Trocadéro pour ériger les centaines de pavillons nationaux et industriels. C'est un autre monde, inaccessible, à six cents kilomètres de là. L'Amérique semble moins lointaine.

Un jour, un client oublie un livre sur sa table de déjeuner. Cäsar le ramasse, c'est *L'Organisateur*, du comte de Saint-Simon. Il le lit en une nuit, suivant du doigt les mots français qu'il ne comprend pas toujours. Mais il retient cette idée : il faut passer de l'âge théologique féodal à l'âge positif industriel ! Déjà, il sent que les cathédrales modernes ne seront plus consacrées à Dieu, mais à d'autres divinités : le Métal, l'Acier, la Machine, le Commerce. Niederwald, la religion du père, le forgeron de Sion, les Jésuites, tout cela est fini, mort, enterré ou prêt à l'être. Il rêvasse, dans sa petite chambre du dernier étage de l'hôtel, les bras croisés derrière la tête, révolté et inactif. Le sommelier se plaint de sa fainéantise, le maître d'hôtel de son manque de tenue. À la fin de l'année, Cäsar est renvoyé. Le directeur Joseph

Escher enfonce le couteau dans la plaie : Vous ne ferez jamais rien dans l'hôtellerie. Il faut certaines dispositions, un flair spécial et, pour vous dire franchement la vérité, vous ne les avez pas.

Cäsar se retrouve à la rue, son baluchon sur l'épaule, la foutue montagne en arrière-plan. Il n'a pas un sou en poche et toujours pas de métier. Là, devant l'Hôtel Couronne et Poste, il n'a plus que deux choix : rentrer à Niederwald ; se faire seul sa place dans le monde. Alors, comme la première option n'est pas envisageable, il suit pour la dernière fois le conseil de son père : « Si tu n'as rien, frappe à la porte de Dieu. » Il fait un quart de tour sur lui-même, ferme les yeux et entre dans l'église Saint-Sébastien.

Te deum

La grosse cloche sonne sexte. Cäsar attend, une grande bassine dans les mains, que les pères et les élèves fassent leur entrée en file indienne dans le réfectoire. Tous les jours, après laudes, sexte et vêpres, il sert les repas. Des pommes de terre, du chou, agrémentés de lard et de noix. De la morue salée et des flageolets. Toujours les mêmes ingrédients, cuisinés à toutes les sauces : gratin de pommes de terre et de chou, fricassée de chou aux lardons, soupe de flageolets aux noix, potée de chou à la morue. Il transpire l'odeur de chou même les jours où l'on n'en cuisine pas.

Il ne se plaint pas. Il sait qu'il a de la chance d'avoir obtenu ce poste au collège jésuite de Brigue. C'est un petit établissement, rien à voir avec celui de Sion. À peine une cinquantaine d'élèves, les moins doués, les moins aisés. Les autres vont à Lucerne, Porrentruy, Fribourg.

Cäsar a changé. Au collège, ni famille, ni professeur, ni maître pour le soutenir. Il ne peut compter que sur lui-même pour réussir. Pour la première fois, Cäsar comprend que la vie, c'est comme le progrès, il faut mettre les mains dans le cambouis pour faire avancer la machine. Il est toujours enragé, mais il le cache, fait profil bas, s'entraîne à la modestie. Il ne pousse pourtant pas le masque jusqu'à assister aux offices. Il n'est pas religieux et ne s'en cache pas. Il ne sera jamais une recrue pour les calotins. Il va à confesse, remue les lèvres en cœur, tire la langue pour recevoir l'hostie, et voilà tout. Les exercices spirituels de saint Loyola, très peu pour lui.

Dans les cuisines, Cäsar observe le ballet des cuisiniers. Il aime les ordres brefs, le bruit métallique des couvercles de casseroles. C'est concret, ça bout, ça chauffe, il faut servir à l'heure. On est loin de Platon et de Pythagore. Épluche. Râpe. Coupe. C'est la plus belle des liturgies.

Sorti de l'office, pas de grandes distractions. Cäsar apprivoise la montagne, découvre la randonnée, celle qu'on fait pour le plaisir. Il marche parmi les pieds de vigne qui s'alignent en rangées bien nettes sur les coteaux abrupts et dessinent de longues ombres noires sur la neige scintillante. Il finit par aimer ça, le froid qui vous prend à la gorge, les pieds qui s'enfoncent dans la croûte gelée, la chaleur du corps dans l'effort.

Il s'arrête devant les hautes tours grises du château

de Stockalper, le *Domus Trium Regnum*. « La demeure des trois rois », traduit Cäsar, qui a des restes de latin. Son imposante silhouette rectangulaire intrigue le jeune homme. Il se renseigne, parcourt les livres de la bibliothèque du collège, découvre Gaspard Jodoc Stockalper, le Roi du Simplon, le Fugger des Alpes. Au milieu du XVIIe siècle, Stockalper obtient pour le Valais le monopole de la résine et du polypore du mélèze, de l'essence de térébenthine et des escargots et surtout, du sel. Le sel, pour conserver les aliments, le sel pour cuisiner, le sel pour les animaux. Une vache, c'est quatre-vingt-dix grammes de sel par jour, à une époque où la richesse de beaucoup d'hommes se mesure à leur cheptel. Mieux vaut être assis sur un tas de sel que sur une montagne d'or.

Le sel arrive en Valais depuis Aigues-Mortes, remonte en barque à fond plat le long du Rhône, un long serpent de cinq cents kilomètres, jusqu'au Léman. Le déchargement sur la rive bleue du Bouveret, à deux pas de l'Institut hôtelier César-Ritz, qui n'existe pas encore. Puis ce sont les charrettes, vingt-quatre heures de routes cabossées, ou les traîneaux, en hiver.

Alors que les grandes puissances se déchirent dans la guerre de Trente Ans, Stockalper vend à tous, royaume de France, des Espagnes, duché de Milan. Rien ne l'arrête, ni la terre ni les montagnes. Il ouvre un canal de Vouvry à Collombey, fait baisser d'un tiers le prix du sel, inaugure le sentier du col du Simplon vers l'Italie.

Exploite des mines, fait crédit, améliore le service des postes, emploie cinq mille hommes, en fait vivre vingt mille. Coiffe la casquette de bâtisseur, érige son château à Brigue, pour entreposer ses marchandises, un tiers Renaissance, un tiers gothique, un tiers oriental – en architecture aussi, Stockalper mange à tous les râteliers. Même s'il finit déchu, chassé, son nom passe à l'histoire, marque le paysage du Valais : le canal Stockalper, le sentier Stockalper.

Cäsar fait le chemin, de Brigue au col du Simplon, mille cinq cents mètres de dénivelé, cinq heures de marche dans la nature vierge. Ça n'a pas tellement changé depuis Stockalper. Il s'assoit sur un rocher, imagine les mules et les hommes fatigués. Avec eux, il traverse vers l'Italie, gagne Pavie, Milan, Parme. Il rêve d'un port Cäsar-Ritz, d'un pont Cäsar-Ritz. Il comprend qu'il ne sait rien et, pour la première fois, est avide d'apprendre.

Au collège de Brigue, les mois passent, les novices deviennent frères, certains partent pour de plus verts pâturages. Le sacristain donne son congé. Cäsar saute sur l'occasion. Il demande un entretien au recteur, propose sa candidature. Le vieil homme en reste bouche bée. Un aide de cuisine, sacristain ? Un laïc, presque un païen ! Il hésite, c'est du jamais-vu. Cäsar insiste, charme. Aide-toi, le ciel t'aidera. Il l'emporte, enfile la robe noire à parements blancs. Le Suisse devient suisse.

Jamais il n'a passé autant de temps à l'église. Les aiguières et les encensoirs ont remplacé les casseroles et les bassines. Il a le bout des doigts brûlé par la cire des cierges, coupé par les pages des missels, taché par l'encre des registres ; lui dont les mains sont la seule coquetterie : il les aime soignées, polies, élégantes. Pendant les offices, il fait le compte de ses stocks : *Panem nostrum quotidianum*, trois fois cent hosties, *et dimitte nobis debita nostra*, cinq kilos de grains de résine d'encens, *sicut et nos dimittimus debitoribus nostris*, on va manquer de vin de messe. Il additionne, multiplie, soustrait au rythme des *Credo* et des *Ave Maria*. Qui aurait cru que l'arithmétique lui servirait un jour ? Pendant tout ce temps, il fait des économies de bouts de chandelle, amasse un petit pécule, oh une misère, mais, tout de même, il en tire de la fierté. Il emballe délicatement les pièces dans un morceau de linge. C'est rond, et ça dort tranquillement sous son matelas. Piécette après piécette, le voilà avec assez d'argent pour se payer un billet de train.

C'est l'Appel du Large : « Allons ! » Il faut se dépêcher de le dire, l'auteur des *Fleurs du Mal* a déjà un pied dans la tombe. C'est un aller simple pour Paris. Après tout, même saint Loyola a cédé aux sirènes de Paname. Il rend la robe noire, rend son tablier, rend sa vie bien rangée. Le recteur ronchonne un peu, c'est dans ses attributions. Il faut bien que jeunesse se passe.

En sortant, Cäsar salue les trois tours de Stockalper, phare, clocher, amer. Un regard pour la montagne, le ciel bleu, couché dessus. À nous deux, Paris !

Le cireur

Cäsar prend ses quartiers boulevard du Prince-Eugène, tout juste sorti du crayon d'Haussmann. Jamais il n'a vu de rue aussi large, blanche, ça brille comme un sou neuf. On pourrait presque se voir dans les pavés. Côté paysage, plus de crêtes enneigées, mais des immeubles en pierre de taille, six étages avec balcons corniches et toits au garde-à-vous. Rien ne dépasse, c'est militaire, c'est du Napoléon. C'est le Paris de l'après-*Curée*, dix-huit mille habitations démolies par le baron, l'obsédé de la ligne droite, l'Attila de l'expropriation, là où ses ouvriers passent, les maisons ne repoussent pas. C'est Paris embelli, Paris agrandi, Paris assaini, les loyers flambent, le peuple est repoussé hors les murs. On perce, on éventre, on abat, on rebâtit, de la place du Trône à l'Étoile, de l'Observatoire à la gare de l'Est. Sébastopol, Magenta, Iéna, Turbigo cessent d'être des batailles pour devenir des boulevards, des avenues. Montmartre, Passy, Grenelle sont annexés, vingt arrondissements, c'est mieux que douze.

Cäsar travaille à l'Hôtel de la Fidélité. Ce n'est pas grand-chose, soixante chambres à peine, mais le personnel n'y suffit pas, il faut courir toute la journée. 1867 et l'Exposition universelle, sept millions de visiteurs. Quatre sur dix sont étrangers, c'est deux fois plus qu'en 1855 pour la précédente Exposition. Anglais, Allemands, Belges, Suisses, Italiens, ça cause en tous sens. Cäsar baragouine, ça a ses avantages d'être helvète. Les Français sourient en entendant son accent traînant. Ici, on l'appelle César, avec un *c* sifflant et un accent grave. Il n'est pas fâché de se débarrasser de la version originale, Cäsar/Kaiser, trop régalien.

À l'hôtel, il est l'homme à tout faire, un peu portier et bagagiste, un peu garçon de buffet, un peu sommelier, mais il est surtout là comme cireur : cireur de sols et cireur de pompes.

Il frotte, astique, polit les parquets, son chiffon de laine en boule dans son poing comme une extension de sa main. Il serre si fort qu'il en a des crampes dans les doigts, les paumes grasses et luisantes. Cette odeur de cire sucrée; accroupi sur le bois dur, ça lui rappelle l'agenouilloir et les cierges des Jésuites, toujours eux, les bougres. Tous les soirs, il récupère les chaussures des clients et s'installe à l'office, son tablier en toile de coton bien sanglé pour ne pas se tacher.

Il frotte, astique, polit les chaussures des autres. Chiffon humide pour la poussière, chiffon doux enroulé autour de l'index et du majeur pour le cirage, brosse, gant lustreur et enfin, le glaçage pour faire briller. César se mire dans l'empeigne. C'est sa seule psyché et sa seule élégance, ces chaussures au bout de ses bras tendus. Puis il les dépose devant les chambres, talons vers la porte, le client n'a plus qu'à ouvrir et à se baisser pour les récupérer.

Comme d'habitude, il aspire la connaissance avec désinvolture. En un mois, il est incollable sur la tournure des escarpins, brodequins et bottines, la finesse du cuir, la régularité des coutures. Il polit, et c'est un peu de la mode de Paris qui s'infiltre par ses doigts.

Quand il ne cire pas, il fait la navette entre les étages, transportant les bagages, chargé comme un mulet qu'on veut faire crever d'épuisement. Boîtes à chapeaux, cannes à pommeaux tournés, gants en velours, en suède, en chevreau, collections de tabatières, cols en dentelle, poudres, eaux de Cologne et des Alpes, colliers, anneaux, plumes, livres anciens, César trimbale plus de bric-à-brac qu'un brocanteur du dimanche. Il remarque que la somme du fatras traîné derrière eux par les clients est inversement proportionnelle à la durée de leur séjour. Le petit monsieur qui vient de Montfermeil transporte son attirail de pêche, comme s'il s'imaginait taquiner le goujon dans la Seine. Quant au vieux bourgeois de Gênes, descendu à l'hôtel pour six mois, il n'a qu'un costume et deux jours de tabac à chiquer.

César apprend à sourire, les pieds trop serrés dans

ses souliers, les aisselles trempées, les bras raidis par la charge. Il monte, descend, s'accroupit, frotte, soulève, s'incline. Combien de kilomètres courus dans la journée ? Combien de mètres de parquet astiqués ? Combien de kilos soulevés à bout de bras ? César est l'athlète de l'hôtellerie. Il s'entraîne aussi à devenir lisse et imperméable aux insultes des clients mécontents. C'est compliqué, pour un tempérament sanguin comme le sien. Un mot de travers, il s'empourpre et grommelle. La bête ne veut pas rentrer dans sa cage. Il a des mouvements incontrôlés, des impatiences. Il souffre du manque d'argent. Et plus il a faim, plus il est tiré à quatre épingles. C'est un pauvre avec la fierté d'un héritier. Il passe des heures, après son service, à rapiécer son costume, à frotter les taches d'œuf du petit déjeuner, à percer un cran de plus dans sa ceinture trop grande. La nuit, il frotte, encore, savon contre toile, sa chemise qu'il a laissée tremper dans la cuvette de la salle de bains.

Parfois, il est debout si tard qu'il peut voir les balayeurs municipaux surgir sur les trottoirs, avec leur balayeuse mécanique. Les commerçants relèvent avec fracas les volets de leur boutique, la parade des marchands ambulants se met en branle – Oyez mesdames, des fripes, des fripes pour par cher, Fers blancs, fers blancs, prenez mes beaux fers blancs, Navets et carottes, ho, ho ! Et le porteur d'eau à la bretelle avec ses seaux qui trempent la toile de son pantalon. C'est le chant de l'aube de Paris, César l'aime, il y joint sa voix muette, depuis sa fenêtre. Ces matins-là, il est essoufflé de fatigue, il a du mal à soulever les pieds, mais il n'a pas le temps de s'apitoyer, il faut continuer, marches, paliers, escaliers. La rengaine de l'hôtel.

Les soirs où il ne travaille pas, il sort. Il promène ses frusques de péquenot sur les pavés neufs de la capitale. Il use ses semelles, hume l'air, ça sent la réussite. Un jour, son nom sera indissociable de cette ville, il en est sûr. Paris et César Ritz. Il marche comme en pays conquis. Fantassin qui se rêve général. Sur les trottoirs, il croise des demi-mondaines trop fardées et des banquiers ruinés en Bourse, des journalistes mondains en quête de potins, des actrices à la jambe leste, à la sortie des théâtres. Les yeux jaunes des fiacres sombres le balayent, indifférents. Les cafés s'éteignent. Carrés noirs. Les becs de gaz s'allument. Carrés blancs. Il n'est qu'une ombre qui passe sur l'échiquier de la ville.

Lors de ses déambulations il s'arrête souvent, le nez en l'air, scrutant les corniches et la vie secrète des appartements, par les fenêtres. Les cochers font des écarts – Holà, gare-toi idiot ! – ou bien un homme transportant sur son épaule de longues baguettes au bout desquelles pendent des centaines d'abat-jour colorés. Parfois, des fiacres s'arrêtent devant des hôtels particuliers, des femmes apparaissent aux portières. Elles portent d'incroyables chapeaux. Des plumes bleutées retombant comme des feuilles de palmier. Des fleurs, des perles irisées, des rubans qui forment des nœuds compliqués. Un oiseau de la taille d'un pigeon. Tout un microcosme qu'elles promènent planté sur leurs cheveux. Elles baissent la tête pour descendre du fiacre, le majordome se précipite à leur rencontre, fait une courbette avant de leur tendre la main. Ils ont l'air de se saluer, elles, sanglées dans leurs robes rayées, noir et violet, jaune et vert, gris et bleu, lui, dans son uniforme à boutons dorés. Puis elles posent le pied à terre et chacun reprend sa place. Elles avancent d'un pas décidé vers le perron tandis qu'il trottine derrière elles, les bras chargés de paquets enrubannés.

Cet été-là, Paris charrie des fleuves de sang bleu. La princesse Mathilde, que l'on croise rue de Courcelles, et la princesse de Metternich, avec ses lèvres en rebord de pot de chambre. Toutes deux tiennent leur salon où se rencontre ce qui se fait de mieux côté littérature : les frères Goncourt, Gautier, et Flaubert, en pleine gestation de son *Éducation sentimentale*. Il y a aussi la reine Maria Pia de Savoie, le roi Louis II de Bavière et celui de Belgique, Léopold II. À ces Européens, viennent s'ajouter le prince du Japon Tokugawa Akitake, frère du dernier shogun, l'émir Abd el-Kader, qui résista aux Français en Algérie comme Jugurtha le Numide aux Romains, et encore le sultan ottoman Abdulaziz. Les princes font les touristes, prennent d'assaut les cafés et les glaciers ; les théâtres ne désemplissent pas ; le tsar se dévergonde sous les lampions du bal Mabille, le Prussien flâne aux Buttes-Chaumont, le Belge visite la Conciergerie, le musée de Cluny, les Champs-Élysées, le Luxembourg, l'hôtel de la Monnaie, les Halles centrales, la manufacture des Gobelins, les catacombes, Notre-Dame, la Sainte-Chapelle, le Panthéon, les Invalides, le musée du Louvre, le parc Monceau, les châteaux de Versailles, Saint-Germain, Saint-Cloud, Compiègne et Pierrefonds. C'est plus millimétré que le circuit d'un tour-opérateur.

César lit dans *Le Moniteur universel* le compte rendu de la fête que l'empereur donne aux Tuileries pour toutes ces têtes couronnées. Napoléon III n'a pas lésiné sur le bling bling, il a même fait ériger un escalier en fer à cheval qui relie son jardin directement à la salle de bal. Trois, quatre mille personnes se pressent parmi les roses de juin, sous la masse du palais rénové et illuminé comme une lanterne de boxon. Ruggieri le magicien tire six cent trente feux de Bengale. Il y a des Oh et Ah au moment du grand embrasement rouge. Paris et l'Empire font le tapin et toute cette badauderie royale en raffole.

Pendant ce temps, César dîne dans des restaurants à un franc dix, au milieu des petits employés et des retraités sans le sou. On ne fait pas la fine bouche. Tout un peuple bigarré de mangeurs se presse dans les bouillons du louchébem Alexandre Duval, le Maxim's des fauchés. Pourtant, César avale avidement son ragoût et son pain arrosés de piquette diluée. Il est là où il veut être, dans cette fourmilière affamée, et il veut sa part.

Un jour de congé, il se décide à prendre son tour dans la file de la grande Exposition. Il entre par la porte de la rue Saint-Dominique, Trocadéro à droite, École militaire à gauche.

Dans le bâtiment principal en maçonnerie et fer, il déambule dans l'exposition consacrée à l'histoire du travail et à l'évolution des régimes industriels. C'est très saint-simonien, le saint préféré de César. Il s'intéresse à Léon Edoux et à son élévateur hydraulique, son « ascenseur », comme dit l'inventeur – drôle de mot. Trouve que ça serait pratique, à l'hôtel, plutôt que de s'esquinter à monter les bagages à pied. Ou pour grimper au sommet des montagnes.

Mais l'attraction phare de l'Exposition, c'est l'énorme diamant sud-africain qu'un garçon de ferme a trouvé près de Hopetown, l'année précédente. Vingt et un carats couleur jaune pisse qu'on surnomme « Eureka ». La pierre le fixe de son gros œil unique, César est hypnotisé. Pensez à tout ce qu'il pourrait faire, avec ce trésor ! Il songe à Niederwald, où on ne trouve que des galets polis, dans les rivières. Il s'excite, cette fortune à portée de main qu'il ne peut atteindre, lui qui n'a qu'un costume, et même pas neuf, en plus. Il se promet d'être riche. Croix de bois, croix de fer. Pas juste un peu. Scandaleusement. Outrageusement. Alors, ce diamant tapageur, il le rejettera à l'eau, comme un pêcheur clément une prise insignifiante.

Mais déjà, on le pousse, Circulez, y a du monde derrière. La foule l'emporte loin du précieux, et il comprend que le salut ne viendra pas du populo. Non, César a bien retenu Aristote, l'argent naît de l'argent. Il faut viser les vieux riches, les prospères, les parvenus, les Midas qui sèment l'or derrière eux. Il lui faut un protecteur.

César observe la baronne, nacrant son front, bistrant ses yeux, irisant ses cils. Et l'effet de la lumière sur sa peau blanche à travers les rideaux couleur abricot. Elle allume une cigarette, une égyptienne, inhale profondément. Son visage de profil se détache sur le paravent japonisant qui coupe la pièce en deux, envolée de paons, de hérons, de cygnes nacre et or, noyés dans la brume de la fumée de cigarette. Elle se laisse tomber dans le canapé, sa jupe en soie se déploie comme un parachute autour d'elle. Elle porte des bas en soie noire à petites fleurs.

Elle tend le bras vers César, un fin bracelet en or glisse et s'arrête contre l'os du poignet. Elle renverse la tête contre le dossier du canapé. César voit les tendons de sa gorge saillir. Elle attrape ses longues mains, les pose sur sa joue. Le pouce de César touche la commissure de ses lèvres. Sa main glisse vers son oreille, effleure le lobe, suit le cou, couvrant les fines veines bleues qui descendent en s'entrelaçant vers la clavicule. Elle roucoule. *Kationatchek*, sers-moi du vin. Et lui, *Sertsé maïyo*, son seul mot de russe, mon amour, mon cœur. Voilà du madère de retour des Indes.

Ils passent à table. C'est le défilé des potages, relevés, entrées, des rôts et des entremets. Toute une basse-cour passe dans leurs assiettes : poulardes et faisans, chapons et canards. Et enfin : farandole de desserts. La baronne luit de graisse digérée. César étouffe un rot. Que de gras ! De crème, de beurre, de sauce. L'écœurement n'est qu'à une cuillerée. Puis ils passent au lit.

Ça ne dure pas. La direction de l'hôtel voit d'un mauvais œil que ses employés s'acoquinent avec les épouses de leurs clients. César est mis à la porte. Il a l'habitude. Il se fait embaucher dans un bar à vin, retrouve son bagou de sommelier embobineur. Rebondit, part chez Monsieur et Madame Chevalier, un restaurant à prix fixes. Il est aide-garçon, puis serveur, maître d'hôtel. Il apprend à se faire lui-même. Il n'a besoin ni de la baronne ni d'aucune autre. Il se suffit à lui-même. Il sera l'artisan de sa grandeur. Il change encore de maison, passe au restaurant Gott, rue Royale, devient gérant. Il prend goût au pouvoir, mais Gott, c'est encore trop peu. César veut être en haut de l'affiche. Il cherche sa vache à lait, la trouve, à deux pas du restaurant où il travaille, place Vendôme. Ça s'appelle Chez Voisin et le Tout-Paris s'y presse. Chic, classe, bien placé. César s'y rend et s'attend à être accueilli en sauveur. On lui offre d'être serveur.

Chez Voisin

Voisin, ce n'est pas la Tour d'Argent, fourchette en ruolz à défaut de cuillère en or. Mais pour César, y entrer, c'est tout à la fois le triomphe et la chute. Le triomphe de passer d'un café où l'on mange à un restaurant où l'on dîne. La chute de gérant à garçon. Car pour obtenir sa place, il a dû promettre de recommencer son apprentissage à zéro. Bellenger est un détricoteur, il ne reprend jamais la maille d'un autre, elle risquerait de filer. Il aime que ses employés travaillent à sa façon et a à cœur de les former. Il a un œil à tout, les cuisines, la salle, les salons privés. Rien ne lui échappe, le potage trop salé, la cuillère dégringolée, la veste de travers, les traces de doigts sur le verre. C'est un ayatollah du détail. Chez lui, il n'y a pas de place pour l'à-peu-près.

S'il n'avait pas fait carrière dans la restauration, il aurait pu être peintre. Il a le sens de la mise en scène, ses plats sont d'abord des œuvres d'art. Les serveurs doivent se plier à ses exigences esthétiques. César découpe le rôti selon la méthode Bellenger, en appuyant sur le bœuf pour exhiber la tendresse du cœur rouge et faire sortir le jus. La viande est sa palette, le couteau et la fourchette, ses pinceaux. Le client salive avant même que la tranche n'arrive dans son assiette. On mange d'abord avec les yeux.

Ce n'est pas le chef de la maison, Alexandre Choron, qui contredira Bellenger. Ses assiettes sont des merveilles de précision et de couleurs. Ses salades ressemblent à des jardins, ses desserts à de petits palais. Ses pommes de terre soufflées ont l'air de croches sur une partition, exactement là où elles doivent être dans l'assiette pour participer à l'harmonie d'ensemble. En cuisine, il appelle les plats avec son gros accent normand. Les serveurs se gardent bien de rire. La cuisine, chez Voisin, c'est une affaire sérieuse.

Chaque soir à dix heures précises, après le service, Bellenger procède à la revue des troupes. Installé à une table, il déguste le menu du jour, son personnel aligné devant lui en rang d'oignons. Du plus jeune au plus expérimenté, tous se mettent à transpirer dans leur costume. César est dans ses petits souliers, comme les autres. Les mains derrière le dos, il passe en revue ses fautes de la journée. N'a-t-il pas cassé quatre assiettes lors du service du déjeuner ? N'a-t-il pas renversé quelques gouttes d'un château-lafite 1848 à la table d'un colonel ? Le jeune serveur fait son examen de conscience. Il ne peut s'empêcher de gigoter. La brigade tout entière affiche un même visage de damné. On se mord les lèvres, on mastique ses joues, on tortille ses mains, on déglutit. Bellenger prend son temps, goûte les sauces, les vins, les accompagnements. Puis il essuie lentement ses lèvres de sa serviette pliée et se lève. Alors, le couperet tombe. Son doigt se tend vers un serveur, un commis, le sommelier. Vous, dit ce doigt, Venez, que nous ayons une petite conversation. Le moissonné pâlit, les autres respirent. Pour cette fois, ils sont épargnés. Le pauvre diable s'éloigne dans le bureau privé du directeur. Nul ne sait ce qui s'y dit.

Un jour, le doigt de Bellenger s'arrête sur César. Il est tétanisé. Pourtant, sans qu'il sache trop comment, ses jambes se mettent en branle. C'est le condamné du cirque qui marche encore jusqu'à l'arène où l'attendent les lions. Bellenger referme doucement la porte du bureau derrière eux. C'est un homme qui n'aime pas le bruit, ni l'agitation. Son calme olympien et son œil perçant, sous la corniche des sourcils, lui ont valu parmi ses employés le surnom de « Zeus ». Image du père tout-puissant dans cet univers païen du goût. Bellenger s'assoit derrière son bureau, fait au carré comme le lit d'une recrue : sous-main parallèle au bord du meuble, papiers empilés en une pile bien serrée. Il fait signe à César de s'asseoir à son tour. Les mains du jeune homme tremblent, il va pour attraper le dossier de la chaise, le rate, le siège bascule et heurte le sol dans un grand fracas. Il se baisse, balbutie, s'éponge le front avec son mouchoir. Et Bellenger, imperturbable, avec un sourire paternel qui surprend le jeune homme. Allons, allons.

Les voilà enfin assis l'un en face de l'autre. Racontez-moi, dit Bellenger. César se creuse la cervelle, mais c'est un grand trou noir, impossible de se concentrer. Bellenger a croisé les mains et tapote les bouts de ses index l'un contre l'autre, sans impatience. Il dit : Le prince G. ? Ah ! Le Suédois, César se souvient. Il est venu souper pas plus tard que ce soir. Il a réclamé une table pour lui et deux leveuses de jambes de l'Opéra. Il s'est goinfré et a bu à rouler sous la table. Et puis, pour le dessert, il a demandé une charlotte russe, le sublime gâteau inventé par le chef Antonin Carême. Le chef Choron n'est pas trop porté sur le sucre et la crème ; il préfère les sauces, les bouillons, les viandes et les légumes. Pour les desserts, Voisin s'adresse au glacier-pâtissier Imoda, rue Royale – là où plus tard se dressera Maxim's et Georges, puis Maxim's tout court. César a donc envoyé un aide quérir la fameuse charlotte et l'a déposée devant le prince, crème bavaroise débordante, glacée comme il faut. Monocle, grimace, le prince s'emporte, la charlotte valse sur ses boudoirs dodus. Les deux danseuses crient, elles n'ont pas l'habitude de ce genre de ballet. Le Suédois tempête, C'est une honte, c'est un scandale ! Sa moustache se gonfle comme un foc un jour de grand vent. Et des postillons blancs volent comme de l'écume. Ce n'est pas ce que j'ai commandé ! La table tangue. Il part sans régler sa note, traînant dans son sillage ses deux conquêtes froufroutantes. César ramasse et débarrasse. Sourit aux autres clients. Le spectacle est terminé. Des capricieux, des colériques, des chagrins, il en a vu son lot.

Mais on ne convoque pas un serveur pour cela. César est prêt au *mea culpa*, Dieu sait qu'il en a récité, les *mea culpa*, c'est l'hostie des Jésuites, toujours un sur la langue. Mais où est la faute ? Qu'on la lui montre et il se repentira. Bellenger sourit encore, puis d'un ton pas du tout fâché : Il ne l'aime pas glacée. Comment ? César ne saisit pas. Glacée. La charlotte. Le prince. Il l'aime moelleuse et à température. César se récrie. Comment deviner ? Ah, sourit Bellenger, c'est qu'il faut toujours savoir ce que veut le client. Il faut être capable de s'immiscer dans son esprit, de débusquer dans les coins les plus obscurs les désirs qu'il ne sait pas s'y trouver. Il veut du vin ? On lui apporte du riesling, car sa famille est de Colmar et le vin lui rappelle le sein maternel. La restauration, c'est la psychiatrie sur canapés. Bellenger a trente ans d'avance sur Freud. Il parle à mots mesurés, à voix basse, il n'a rien de l'aigle terrifiant qu'imaginait César. C'est bien pire que des réprimandes. Ce qu'il a peur de lire, dans les yeux de Bellenger, c'est la déception. Il tente une excuse, la charlotte servie en dix minutes, montre en main. Et le sourire de Zeus, la sentence divine : Un esprit rapide vaut mieux qu'une douzaine de paires de jambes agiles. À cet instant précis,

Bellenger, pour César, c'est Nicolas Flamel. Le voilà, le rossignol. La voilà, la Fortune, la Gloire. Pas de baronne ou de duchesse, pas de Grand Protecteur. Non, la clef de voûte de la réussite, c'est le Client.

Il dit oui, il promet tout ce qu'on veut. Il sort du bureau sonné, l'esprit léger comme après confesse, la béatitude de celui qui a entrevu le Vrai.

Dès lors, César n'a de cesse d'accommoder le client. Et le client, chez Voisin, ce n'est pas n'importe qui. Autour des tables, on règle le sort de la France entre deux bouchées. Boulanger, Thiers, Grévy, Gambetta. La Troisième République *in utero* vient dîner là. On a la haute, mais aussi le people : Dumas, Gautier, et le monstre sacré Sarah Bernhardt. Les frères Goncourt, Jules et Edmond, qui aiment autant bonne chère que bon mot ; Jules, syphilitique, n'a plus que quelques mois à vivre, mais Edmond, sa grande veuve inconsolable, continuera à se remplir la panse dans tous les cafés de Paris jusqu'à son dernier souffle. D'ailleurs, dans son testament, Edmond exige que l'on ripaille, avant de littérer. Ce sera « un dîner mensuel à vingt francs par tête dont feront partie les dix membres désignés ». Depuis, chaque juré a son couvert. Le Goncourt, une bande de copains venus festoyer.

On les imagine, chez Voisin, à la table de César. Daudet moulinant, Aragon lénifiant, Queneau oulipotant. Élisant Proust, Malraux, Troyat, Beauvoir, Tournier. Dégustant la béarnaise tomatée de Choron, tandis que

César veille au pain et au vin. Les tables goncourtiennes préféreront Drouant, las. Ce qui n'empêchera pas les deux frangins de remarquer César. Et on se plaît à penser qu'ils l'ont couché dans leur *Journal* sous les traits du serveur imperturbable, « le nimbe d'un Jésus à Emmaüs cerclerait la tête d'un dîneur ou bien le truc d'une féerie enlèverait tout à coup la robe d'une femme, qu'il continuerait à servir la femme, comme si elle était habillée, ou le dîneur comme s'il était un simple mortel ».

Chez Voisin, à l'étage du restaurant, en haut des escaliers éraflés par les amants pressés, il y a les salons privés. Le couloir sent le cigare et le musc. Historiquement, les boudoirs sont de petites pièces entre la salle à manger et la chambre à coucher, et c'est précisément ce que sont ces salons : un espace entre le lit et le couvert. Les plaisirs du ventre et du bas-ventre. On y pratique la philosophie de Sade : on y éduque les jeunes demoiselles, « ce que les sots appellent des crimes ». César apprend à aller d'une porte à l'autre, à tendre l'oreille pour reconnaître les bruits, les petits cris, les souffles, savoir s'il peut toquer, entrer. Certains tirent le verrou, le message est clair.

Une fois à l'intérieur, le jeune homme monte ou baisse le gaz, selon les cheveux de la dame. Des frisures échappées du filet, des rubans envolés, c'est la pénombre, il tire les grands rideaux. Un chignon serré, une frange bien en ordre au-dessus d'un front blanc, il éclaire *a giorno*, c'est la fille, la sœur, la cousine. Lorsque les convives sont sages, il dresse la table, dispose les plats sur la console, découpe les mets, fait le service en se penchant vers les clients pour leur annoncer à mi-voix le nom du plat. Il susurre Pâtés de foie gras truffé, Petits pois au beurre, Quenelles de rouget au velouté.

On le sonne pour le dessert. Il retrouve les convives sur le divan, les chaussures perdues, les manches froissées. Les bouteilles de champagne sont vides, la glace fondue depuis longtemps dans le seau. On accuse l'ivresse et on sourit niaisement. Le garçon est complice. Après leur départ, César retrouve mille objets oubliés, des épingles, des bagues, de la lingerie de lorette, fendue où il faut, des cravates, des boutons arrachés, des dentelles déchirées, des mouchoirs suspects.

Les salons privés sont les seules parties du restaurant où les femmes sont autorisées. On y croise la Païva, qui même si elle est désormais marquise reste courtisane dans l'âme. Son mari d'apparat étant aux Amériques, elle se donne du bon temps malgré ses cinquante ans. Elle vient parfois avec Théophile Gautier, qui déjà n'écrit plus, si ce n'est quelques mots épars et prémonitoires, « une seule [feuille] reste encore au bout d'un rameau, affolée, palpitante, ne tenant plus que par la nervure de sa tige, déjà grillée et cuite par les premières gelées blanches ». Il y a aussi Cora Pearl, pétillante, joueuse. Elle aime les défis : au Café Riche, où elle dîne dans le salon numéro 16, elle parie que les garçons ne pourront pas découper le plat suivant, et la voilà qui revient, nue comme la Vénus de Botticelli émergeant d'une mer de persil, portée par quatre garçons sur un plateau d'argent. Là-bas comme chez Voisin, elle croise Marie Colombier, une princesse de la rampe de vingt-cinq ans. César la courtise comme tous les autres garçons. Il lui trouve du chien, un je ne sais quoi impertinent, ça doit être le menton ou le petit nez troussé. Mais il a retenu la leçon, il joue, mais de loin, pas question de se compromettre avec cette fille-là. De toute manière, elles sont toutes pareilles, les insouciantes, les déniaiseuses, les noceuses, les grandes horizontales ; si l'on croit qu'elles sont le plat du jour, on reste sur sa faim.

Toute cette activité des salons, ça intrigue le personnel. Certains ne sont que des gamins tout juste descendus de leur province. Ils n'ont jamais vu d'autres femmes que leur mère, leurs sœurs, leurs tantes, serrées jusqu'au cou dans leur dentelle noire. Alors ces froufrous, les étincelles allumées sur les peaux par les bijoux, ça les enflamme, ça leur tourne la tête. Ils scrutent les bas en soie qui se dévoilent quand les femmes troussent leurs jupes dans l'escalier. Ils détaillent les gestes des amants, la main qui glisse sur la taille, les lèvres qui s'entrouvrent. Cette observation scientifique des nantis amoureux sur leur terrain de jeux les occupe du matin au soir.

Ils ont beau ne pas avoir beaucoup de sang qui

afflue au cerveau, il leur arrive d'être malins. Bellenger convoque toute la troupe. Voisin abrite de drôles de piverts, il y a des trous à toutes les portes des cabinets privés. L'œil de Zeus se fixe sur les plus jeunes. Êtes-vous si avides de connaître ce qui se passe dans les salons lorsque vous avez le dos tourné ? Le rouge leur monte aux joues. C'est que, répond l'un d'eux, ils sont curieux de savoir comment montent les princes. Et ? demande Bellenger. Ils sont nus et s'activent comme nous autres. Bellenger sourit. Le lendemain, la *plupart* des trous sont rebouchés.

Un autre jour, en plein hiver, le directeur réunit tous les serveurs sous prétexte de leur montrer comment on prépare un grog ordinaire. D'abord le verre, la soucoupe, la cuillère, puis le brandy, le sucre, l'eau chaude et la froide. Les garçons s'entraînent, goûtent, jugent, se réchauffent la gorge. César glisse un regard du côté de Bellenger, sobre et satisfait. Zeus-le-père prend soin de ses enfants. Son grog n'est pas que pour les entrailles, il est aussi pour le cœur.

Après l'hiver, le printemps, encore un autre hiver et les mois succèdent aux semaines. César fête ses vingt ans. Il se dégrossit, gagne en discrétion et en distinction. Comme un prédateur dans la jungle, il apprend à se fondre dans la végétation, à traquer sa proie sans qu'elle sente sa présence, à observer son comportement, ses habitudes, son pelage. La bête est-elle le mâle alpha du groupe ? La jeune donzelle que les mâles se disputent ? Le vieux sage qui se traîne en queue du troupeau ? Quand il est bien sûr de son coup, il prend son élan, bondit, propose un coussin au député furonclé, une soupe au vieil écrivain dont le dentier se déboîte, des pastilles à la violette à la jeune dame qui en raffole. Inutile de claquer des doigts, il apparaît à la table au moment même où vous alliez l'appeler. Il écoute la commande et hoche la tête avec un petit sourire, comme s'il savait précisément que c'est là ce que vous alliez choisir. Avec lui, votre verre est toujours plein, votre assiette toujours chaude. Il est toujours là, mais vous ne le voyez pas, il joue au passe-muraille, à la fille de l'air. Il est le génie de la bouteille, vous frottez, il exauce. Si vous n'avez pas besoin de lui, il se tient coi, plus flegmatique qu'un garde de la Couronne britannique. Bellenger le couve des yeux, ce petit ira loin ; c'est drôle, il n'aurait pas parié sur lui. Le virtuose se cachait sous des airs de petit paysan suisse.

Au Rhin ! À Paris !

À l'extérieur, le monde aussi avance à pas de géant. L'Union Pacific Railroad et la Central Pacific Railroad inaugurent le premier chemin de fer transcontinental, reliant Sacramento à Omaha ; Tokyo et Yokohama sont à présent en liaison directe grâce au télégraphe ; à Rome, c'est l'ouverture de Vatican I.

En Espagne, le Prussien Léopold de Hohenzollern-Sigmaringen est candidat au trône. À l'est, la Confédération de l'Allemagne du Nord, à l'ouest, une Espagne prussienne ; voilà une situation qui ne fait pas les affaires de Napoléon III. La France demande le retrait de la candidature de Hohenzollern. Le roi de Prusse accepte, mais Bismarck s'en mêle, fait croire que le roi a refusé de s'entretenir avec l'ambassadeur français. L'incident diplomatique devient *casus belli*. À Paris, on envahit les boulevards aux cris de « Au Rhin, au Rhin ! ». Bismarck se frotte les mains, cette guerre, il la veut pour récupérer les États germaniques du Sud, la Bavière et le

Bade-Wurtemberg. La France vient de les lui offrir sur un plateau.

C'est l'escalade : le 14 juillet, le Conseil des ministres décide de la mobilisation, le 15, le corps législatif vote les crédits de guerre, le 19, la guerre est déclarée à la Prusse. L'affaire est réglée en un mois, le général Mac-Mahon est battu en Alsace ; en Lorraine, le maréchal Bazaine est forcé de se replier sur Metz où son armée est assiégée par les Prussiens. Napoléon III se met alors à la tête de l'armée d'Alsace et entreprend d'atteindre Metz par un vaste mouvement tournant vers le nord.

On est début septembre 1870, et César s'occupe d'une table à laquelle dînent des sénateurs. D'ordinaire, ce sont des tables où l'on se remplit la panse à en crever. Mais ce soir, c'est Carême parmi les toges blanches. On picore, on chipote, on conspire à voix basse. Chaque fois qu'un nouveau client entre dans la salle, ils se retournent en bloc, plissent leurs yeux presbytes. Ce n'est pas encore celui qu'ils attendent. César ne pose aucune question, c'est l'un des Grands Interdits, ne jamais, au grand jamais, interroger un client. Mais il sent la tension, d'autant qu'à une autre table, des officiers, calés dans leurs bottes noires cirées, sont penchés sur des cartes et griffonnent dans de petits carnets en cuir. Pas besoin d'entendre la canonnade pour sentir la poudre. La porte s'ouvre une nouvelle fois, les têtes des sénateurs à cent quatre-vingts degrés, les chenilles poilues des sourcils qui se soulèvent : est-ce lui ?

Monsieur ? demande César. C'est un grand jeune homme qui n'a rien de terrible. Il a le nez rouge et des lèvres gercées qui articulent : J'ai un message. C'est lui ! Les sénateurs se lèvent, avec la grâce de gros morses quittant leur îlot. Le messager recule. Alors ? Eh bien ? Dites-nous ! L'homme bredouille. Il y a certains mots qui font l'Histoire, *Alea jacta est* ; Non sire, ce n'est pas une révolte, mais une révolution ; *Dr Livingstone, I presume*. Enfin, il se met au garde-à-vous, bombe le torse et crache le morceau : la France a été défaite à Sedan, l'empereur est prisonnier. Le murmure des tables s'arrête brusquement, chacun retient son souffle. Une tête brûlée tente un « Vive la République ! », mais il est vite remis à sa place. Comment se réjouir de la victoire des Prussiens, de la mort de centaines de soldats français ? C'était donc vrai que cette France, aux victoires légendaires, et qui s'était promenée, tambour battant, au travers de l'Europe, venait d'être culbutée du premier coup par un petit peuple dédaigné ? dira Zola. Les plats refroidissent, les sauces figent, les glaces dégoulinent mais nul ne s'en préoccupe, sauf Bellenger, qui grimace. Le directeur sait bien ce que cette nouvelle signifie. Les Français ont crié « À Berlin ! » ; les Prussiens doivent déjà marcher sur Paris.

Deux jours plus tard, Gambetta enterre le régime impérial et proclame la République. Le 13e corps d'armée quitte son casernement de l'avenue de la Grande-Armée, pour s'installer entre le pont de Sèvres et Saint-Ouen. Le matin, par temps dégagé, César voit les fumées bleues des bivouacs qui montent à travers les branches déjà dénudées. Le choc métallique des marteaux contre la pierre des maisons qu'on met à bas pour construire les fortifications arrive aussi clair qu'un coup de fusil. Le pavé gronde sous les sabots des palefrois des aristocrates et des chevaux de trait des marchands. Certains sortent de Paris pour fuir la menace qui approche, d'autres viennent se réfugier entre les murs protecteurs érigés en hâte. Venant des portes de la ville, César voit aussi passer des chariots bourrés à craquer de légumes encore couverts de terre, de pommes fermentées trop serrées dans leurs cageots, de poules excitées s'agitant dans leurs cages dans un grand fracas d'ailes. Et les charrettes débordant de foin, suivies par des gavroches qui se baissent tous les trois pas pour ramasser les brins envolés. Paris se prépare au pire.

Inutiles ballons

Enfin, le 18 septembre, la menace devient concrète : les Prussiens arrivent sur les murs du camp retranché de Paris. Le siège commence. Le gouvernement utilise des ballons montés pour communiquer avec l'armée et la province. Le ballon monté n° 1, *L'Union*, est lancé depuis l'usine à gaz de Vaugirard et crève au moment du décollage. On a voulu faire d'une passoire une montgolfière.

L'approvisionnement devient impossible. La ville commence à compter ses rations. Les habitants font la queue devant les commerces de bouche comme des communiants à la fin de la messe. Des processions d'affamés serpentent le long des boulevards. César prend son tour. Il mange du pain noir qui reste collé aux dents, de la soupe d'eau salée. Avec ça, un froid à faire geler l'huile. Les vieux bougonnent qu'on n'a jamais vu ça.

Le 30 septembre, le ballon n° 5 parcourt deux kilomètres et retombe sur les lignes ennemies, criblé de balles.

En se rendant au ravitaillement, César croise des hordes armées attaquant les chevaux dans les rues. De toute manière, le prix du fourrage flambe, les maquignons conduisent leurs chevaux à l'abattoir. Tous les jours, des dizaines de bêtes finissent pendues au crochet. Les boucheries ne vendent plus que du suif – César mange ce qui servait à graisser les casseroles. La recette du pain est revisitée : paille moisie hachée pour remplacer le blé. Les clients n'y voient que du feu, ou font comme si.

Le 27 octobre à quinze heures, le pilote du ballon n° 20, *La Bretagne-La Normandie*, est pris d'une envie folle de voir la terre et tire la corde de la soupape alors qu'il survole un champ prussien.

Si les riches ont fui dans le Sud avant la fermeture des portes, les politiciens sont toujours là et Favre, Thiers, Trochu font de Voisin leur quartier général hors de l'Hôtel de Ville. Heureusement, Bellenger, à l'annonce de la capitulation, a rempli la maison de carrés de mouton et de bœuf, de jambons et de saucisses, de tonneaux de poissons, de cages à lapins et à poules. En montant et descendant les escaliers, César évite de respirer. Ça pue le poulailler et la barbaque du sous-sol au grenier, mais personne ne s'en plaint. D'ailleurs, le stock est vite épuisé. Avant la fin de l'automne, César sert de la terrine de rat aux pistaches relevée de fine champagne Napoléon avec une salade de cresson. L'huile pour les lampes étant introuvable, le jeune homme prend l'habitude d'allumer chaque soir de grosses bougies sur les tables. On dîne dans une pénombre qui dissimule opportunément ce qu'on sert dans les assiettes. Dans les salons, les rares amants qui viennent encore se donnent des frissons en avalant leur chat de gouttière sauce chasseur. La Païva a disparu. On l'a accusée d'être une espionne à la solde des Prussiens et César n'est pas sûr que ce soit faux.

L'hiver s'installe confortablement dans les rues désertées. Il arrive main dans la main avec la Grande Faucheuse et son noir cortège de maladies. Dans les deux semaines précédant Noël, six mille Parisiens passent l'arme à gauche, c'est trois fois plus que la normale. La pneumopathie fait des ravages et prend de vitesse le choléra qui n'a le temps que de faire quelques morts. Les temps sont durs pour les fossoyeurs, la terre gelée fait sauter la tête des pioches au moment de creuser les tombes. Les corps raides s'entassent dans les cryptes. Les prêtres récitent les *De profundis* et *In paradisum* à en avoir la gorge sèche. On ne s'embarrasse plus de processions. Dans la rue, César voit des croque-morts transporter des cercueils sous leurs bras. C'est l'incurie du tombeau décrite par Thucydide lors de la peste d'Athènes : on inhume comme on peut.

Le 1er décembre, au soixante-quatorzième jour du siège, le ballon n° 36, *La Bataille-de-Paris*, est pris dans des vents violents. L'aéronaute saute de la nacelle pour tenter d'attacher le guiderope à un arbre. Mal lui en prend, le ballon, délesté de son poids, part en vrille et s'écrase sur le sol.

Le quotidien *Les Nouvelles* publie une liste de menus que les Parisiens peuvent encore mitonner avec les ressources de la capitale :

Consommé de cheval au millet
Brochette de foie de chien à la maître d'hôtel
Émincés de râble de chat sauce mayonnaise
Épaule de filet de chien sauce tomate
Civet de chat aux champignons
Côtelettes de chien aux petits pois
Salmis de rats à la Robert
Gigot de chien flanqué de ratons
Plum-pudding au jus de moelle de cheval

Bien entendu, le malheur des uns, etc. Des petits malins ouvrent des boucheries félines et canines. Il y a un marché pour tout. Le rat est coté à trois francs, le chat s'enlève pour dix. Un marché aux rats est installé place de l'Hôtel-de-Ville ; soixante centimes le rat étranglé sur place, soixante-quinze le rat vidé prêt à être rôti. Les crève-la-faim ne manquent d'ailleurs pas de suite dans les idées. D'abord, ce sont les poissons du bassin du jardin du Luxembourg qui y passent. César s'y rend le dimanche : on casse la glace, et une canne en bois, un fil, un plomb font l'affaire. Puis les affamés se tournent vers le Jardin d'Acclimatation. Le directeur tente de planquer ses animaux, mais allez transporter une ménagerie entière en si peu de temps. C'est le cirque. Castor et Pollux, les deux éléphants, en font les frais et finissent en consommé.

Pendant ce temps, le ballon n° 42, *La Ville-de-Paris*, décolle de la gare du Nord avec soixante-cinq kilos de courrier à bord et se pose comme une fleur à Wertzlur, en Prusse. Les deux pilotes sont capturés.

Les habitants de Paris sont privés de bois et de charbon ; dans les bois de Boulogne et de Vincennes, le gouvernement fait abattre les arbres pour en faire du bois de chauffage. Le bois vert brûle bien mal, il enfume les maisons et donne aux Parisiens des yeux rouges et pleureurs. On ne chauffe plus les salons, seulement les cuisines.

Devant le Palais-Royal, César surprend un gamin installé, le trottoir pour table, la neige pour nappe, un gros moineau mis à griller sur un feu de fortune. Il siffle *La Marseillaise* entre ses dents, voici la misère patriotique. C'est le cri de ralliement de tous ceux qui ont déjà un pied dans la tombe. L'étendard sanglant est levé. Les gras et joufflus aussi se doivent d'être patriotes. Un soir à la sortie du restaurant, César doit intervenir pour disperser une foule qui s'en prend à Marie Sasse, la cantatrice. Les déguenillés veulent l'obliger à entonner l'hymne national, qu'elle a chanté tant de fois au Théâtre impérial de l'Opéra. Elle pleure, pressée par des coudes et des torses puants contre la porte de sa voiture. Sa voix de soprano s'élève dans le brouillard et c'est le chant du cygne, entrecoupé de hoquets terrifiés. De toute sa vie, César ne pourra entendre cet air sans se remémorer ces jours affreux de famine et de froid.

Voisin tente de sauver les apparences. Pour la Noël 1870, le chef Choron invente une carte digne de l'arche de Noé : chameau rôti à l'anglaise, civet de kangourou, côtes d'ours rôties sauce poivrade et terrine d'antilope aux truffes. Menu de crise version gastronomique. Edmond de Goncourt note dans son *Journal* : « Au milieu de viandes anonymes et de cornes excentriques, un boucher offre des rognons de chameau. »

Dans les rues, rares sont ceux qui ont installé des stands pour célébrer la période des fêtes. On trouve quelques joujoux faits de détritus ficelés ensemble, des poupées découpées dans le tissu des morts. Des astucieux font commerce de morue salée. Le soir du réveillon, on offre des pommes de terre en place des bonbons, et on garde les épluchures pour le Jour de l'an.

César perce un trou de plus à sa ceinture. Il persiste à se raser, d'abord sans savon puis sans eau chaude, le visage rougi par la lame émoussée et le froid. La plupart des hommes se laissent pousser la barbe. Les joues lisses de César sont sa petite résistance. Au marché noir, lorsqu'il le peut, il achète des lames de rasoir plutôt que du pain. Mieux vaut renoncer au nécessaire qu'au superflu, à ce vernis acquis patiemment depuis trois ans, une couche après l'autre. L'ambition le ronge plus que la faim. Ce n'est pas cet accident de parcours, cette guerre franco-prussienne, qui l'arrêtera dans sa course. Il songe à partir. Il a tiré de Paris tout ce qu'il pouvait. Il enrage d'être coincé là par les Prussiens. Pour lui, c'est retour à la case départ, c'est Niederwald et sa vallée engoncée dans les montagnes. La claustrophobie le rend fou. Il est presque soulagé lorsque le bombardement de Paris commence, alors que l'année est à peine entamée. Ça sent la fin, pour le meilleur ou pour le pire.

Pendant les bombardements, chez Voisin, les serveurs

et les derniers clients cohabitent sous les tables. Le fracas des vitres qui se brisent a remplacé le tintement de la vaisselle et de l'argenterie. Les obus sifflent par-dessus les toits, tirés par les Prussiens depuis les hauteurs de Villacoublay. Les canons français de Mortemart et du mont Valérien répondent en chœur. Dans ses *Carnets*, Victor Hugo note que chaque coup tiré par les assiégeants coûte soixante francs ; vingt-cinq mille projectiles : un million cinq cent mille francs. Total : une dizaine de tués, chaque mort coûte donc cent cinquante mille francs aux Prussiens. Voilà le prix d'un Parisien. Bismarck n'en a cure, il veut laver l'affront des clés de Berlin livrées à Napoléon sur un coussin de velours à glands d'or, après Iéna.

Le *Journal officiel de la République* rapporte que dans la nuit du 8 au 9 janvier, entre Saint-Sulpice et Odéon, il tombe un obus toutes les deux minutes. Les serres du Muséum national d'histoire naturelle sont réduites à l'état de poudre de verre. Des hommes déjà blessés sont tués dans leur lit de l'hospice de la Pitié et du Val-de-Grâce. Paris se réveille avec le visage ravagé d'une gueule cassée. Et tout ça sans sommation. Les Français crient au crime, même la guerre ne justifie pas tout. La force prime le droit, répond Bismarck. César songe à Cicéron : *Inter arma silent leges*[1]. C'est le dogme de tous les conquérants.

1. En temps de guerre, les lois sont muettes.

Il n'y a plus rien d'autre à faire qu'à attendre et prier pour éviter les bombes. César et les autres serveurs s'occupent en pariant sur l'issue de la guerre : combien de jours avant la fin des bombardements ? Combien de temps avant la capitulation ? À quand la fermeture de Voisin ? Cette question-là, personne ne la pose à voix haute, mais elle est dans tous les esprits. Bellenger que l'on croyait immortel, inébranlable, s'enferme des heures dans son bureau, laisse son personnel partir à la dérive. Les serveurs livrés à eux-mêmes cassent plus d'assiettes que pour un mariage grec. La cuisine envoie en salle des sauces brûlées, des légumes pourris. César grimace, il a horreur du laisser-aller.

Le 18 janvier, chacun des deux gouvernements y va de sa petite déclaration. Côté français : Souffrir et mourir, s'il le faut, mais vaincre, Vive la République ! Côté prussien : Bismarck proclame l'unité du Reich allemand dans la galerie des Glaces de Versailles. Des mots et des symboles. À Paris, plus personne ne s'illusionne quant au dénouement. César ronge son frein, attendant que ça se finisse. Bellenger est maigre à faire peur et observe les tables vides d'un œil morne. Pour un peu il faudrait lui rappeler de se changer et d'avaler son pain noir. Ses cols de chemise sont d'une couleur épouvantable. Lorsqu'il sort de son bureau et traverse le restaurant pour s'en aller Dieu sait où, il remue les lèvres sans parler à personne. Il n'est plus qu'une silhouette floue, qui va se fondre dans le brouillard des rues de Paris.

Pour la forme, on envoie encore le ballon n° 66, *Le Richard-Wallace*, le 27 janvier. Alors qu'il arrive en vue de Niort, le pilote Émile Lacaze, au lieu de jeter du lest, reprend de la hauteur. Il passe sans s'arrêter au-dessus d'Angoulême puis de La Rochelle et va s'abîmer sans témoin dans l'immensité atlantique.

Le lendemain, la France capitule. Le ministre des Affaires étrangères Jules Favre rencontre Bismarck à Versailles. Gambetta, en faveur de la poursuite de la guerre, démissionne. Le 7 février, le gouvernement lève les réquisitions sur les farines et les animaux de boucherie, le marché aux bestiaux de la Villette rouvre ses portes. L'abondance ne vient pas tout de suite, mais en tendant l'oreille on pourrait entendre un immense ouf de soulagement s'élevant des ventres parisiens. Chez Voisin, ce serait l'heure pour Bellenger de retrouver le sourire : à nouveau à manger, à nouveau de riches clients célébrant la fin de la guerre par une orgie jamais vue. Mais Bellenger s'en fiche et, d'ailleurs, Voisin est passé de mode. On ne se presse plus à la porte pour avoir une table, la meilleure, celle où César officie. Les salons sont vides, les banquettes se languissent des amoureux enlacés. La guerre rase tout sur son passage, y compris les habitudes. Le monde d'avant est enterré. On veut du neuf, du clinquant, de l'inédit. Avec le gouvernement toujours à Versailles, même Thiers ne vient plus. César n'a pas l'âme d'un Wallace Hartley, le paquebot peut bien couler sans lui. Il prend ses cliques et ses claques et s'en va.

Une colonne sur une place

Paris commence à lui taper sur le système. Il voudrait bien la paix, cinq minutes, mais les Parisiens ne l'entendent pas de cette oreille. Les élections de février ont porté une majorité de royalistes pacifistes à l'Assemblée nationale. Pour le peuple qui a souffert et crevé de faim en résistant aux Prussiens, c'est une trahison. Les ex-assiégés ont le cœur à gauche. Et puis, la Bastille, ça commence à dater, on se referait bien une petite révolution, histoire de montrer à ces aristos qu'on est toujours en forme. Premier Empire, Restauration, monarchie de Juillet, Second Empire, on aimerait bien un peu de république dans tout ça. De la vraie république, pas celle de pacotille instaurée par Trochu et qui exclut le peuple. Le 28 février, jour anniversaire de la proclamation de la Deuxième République en 1848, une grande manifestation républicaine a lieu place de la Bastille. Aux cris de « Vive la République », un homme fait le singe jusqu'au sommet de la colonne de Juillet et fourre un drapeau rouge dans la main du *Génie*.

Le lendemain, c'est drapeaux noirs. César assiste au défilé des Prussiens dans les rues de la capitale. Silence hostile, entre les grilles des commerces fermées comme des reproches et les statues recouvertes d'un voile. On fait la gueule aux vainqueurs.

Le peuple n'aime plus l'Assemblée, et l'Assemblée le lui rend bien : elle exige le paiement des dettes et des loyers, suspendu pendant le siège, et annonce la suppression de la solde journalière attribuée aux gardes nationaux. Après Bismarck, c'est Thiers qui affame les Parisiens ! César, lui, est du côté des bourgeois. Par tradition et par ambition. Finalement, il n'échappe pas au conservatisme du Valais. Jamais il ne sera antireligieux ni rouge. Et puis les affaires ne se font pas avec les prolétaires.

Ça ne l'empêche pas de côtoyer les bas-fonds de la société parisienne. Au café Château d'Eau, où il vient de trouver une place de serveur, la clientèle est moins chic que chez Voisin. Si dans les salons de Bellenger on ne se contentait certes pas de se conter fleurette, au Château d'Eau, c'est carrément l'orgie. Les filles publiques y font leur marché. C'est un vrai marché de bêtes humaines. Cela choque la philosophie de César, qui est plutôt luxe, calme et volupté. Le sexe cru, très peu pour lui, il n'est pas de ces hommes que la viande étalée attire. Il reste quelques jours dans cet atroce pandémonium, le temps de trouver une place dans un endroit plus convenable. C'est la brasserie Netzer, sur les Champs-Élysées. Populaire mais honorable, on y croise des ouvriers venus descendre des bocks de Sedelmeyer. César a les mains dégoulinantes de bière et les poches vides. Il a fait une demande de passeport pour quitter Paris et attend, planqué derrière le comptoir, évitant autant que possible les jets de mousse et les rots retentissants des clients.

Le printemps arrive et passe inaperçu dans les rues parisiennes privées de leurs arbres. Le fond de l'air est frais et électrique. Le peuple a proclamé la Commune, ce qui n'est pas pour enchanter le gouvernement. Thiers, comme Bismarck avant lui, ne peut plus entrer dans la ville. Des barricades sont dressées un peu partout. On chante, on boit, on se tire dessus. Les Versaillais rendent coup pour coup. César évite de sortir, le soir. On ne sait jamais qu'un idiot éméché le prendrait pour du gibier royaliste. À la mi-mai, il voit tout de même la chute de la colonne de la place Vendôme. Les Parisiens ont une longue tradition d'abattage de colonnes : il y a eu celle de Louis XIV, le Bourbon honni, puis celle de Napoléon, érigée en 1810 et abattue quatre ans plus tard. La statue impériale installée par Napoléon III va rejoindre ses congénères. Sous les coups des communards, elle vacille, bascule et s'écrase. Dommage, se dit César, c'était une jolie place, la place Vendôme.

Enfin, il reçoit son autorisation de départ. Il plie

bagage encore une fois et saute dans un train bondé. Il ne verra pas la reconquête de la capitale par le gouvernement, les fusillades, la Semaine sanglante, les exécutions, l'incendie des Tuileries et de l'Hôtel de Ville. Il tourne la page de Paris.

Küssnacht, 1916

Il veut partir ! Il rue dans les meubles et se secoue comme un beau diable. On l'en empêche. Une femme en blanc et deux armoires à glace. On l'attend pourtant. S'il part maintenant, il pourra encore attraper le train de quinze heures vingt pour Paris. Il faut faire vite, il se démène. Les trois autres ne veulent pas ; mais que veulent-ils alors ? Il se laisse tomber à genoux. *Pater nostrum*. Il hurle des prières. À bon entendeur.

Personne n'entend. On l'attrape, on lui tord le bras, on l'allonge. Mais puisqu'on l'attend ! Il crie *Ich bin Ritz ! Ich bin Ritz ! Jawohl Herr Ritz* répond l'une des deux armoires. Un autre homme en blanc entre. Il n'a pas oublié le nom, toujours le docteur Egli. Mais que fait-il là ? Egli appartient à son futur, ils ne se sont pas encore rencontrés. Egli fait tache dans le tableau. Il regarde la pièce autour de lui. C'est une chambre et il ne sait plus où il est. Il a connu tellement de chambres. De petites chambres, au début, des placards à balais, des chambres usées, mitées, des chambres humides, clinquantes et vulgaires ; des chambres dorées servant de nid à poussière, des chambres démodées ; des chambres de luxe, de la taille d'un petit palais, des chambres avec vue, sur la Tamise, sur la tour Eiffel, sur la mer. Des chambres au premier ou au dernier étage, avec ascenseur, au bout de longs couloirs. Des chambres où il a dormi, des chambres qu'il a nettoyées, des chambres qu'il a créées.

Cette chambre où il se débat, il la connaît sans la reconnaître. Il y a du désordre, il faudra sonner la femme de chambre. Il le dit à Egli : Sonnez la femme de chambre ! *Sicher, Herr Ritz* acquiesce le médecin en appuyant sur le piston de la seringue. Oui, c'est sûr, il faudra remettre tout ça au carré.

Une autre exposition

Les gérants du restaurant parisien des Trois Frères Provençaux, Barthélemy, Maneille et Simonas – qui ne sont du reste pas frères du tout – ont ouvert un établissement temporaire à Vienne, pour l'Exposition universelle de 1873. C'est chez eux que César se fait embaucher lorsque la bougeotte le reprend.

Il revient de quelques mois à Paris, où il a travaillé comme maître d'hôtel pour le restaurant de l'Hôtel Le Splendide. Il y a fréquenté la haute bourgeoisie américaine fuyant l'agitation de Wall Street. Ces clients-là n'ont rien à voir avec ceux de Voisin. C'est l'aristocratie de l'argent et du pouvoir, pas celle du sang et des armoiries. Elle n'a pas été élevée entre les pierres froides et dures d'un château de province. Elle s'étonne de ne pas trouver en Europe le confort auquel elle a été habituée en Amérique : comment, pas de machine à glace ? Pas de salle de bains privée ?

Ces hommes ne sont pas gonflés de la morgue hautaine des Européens. En *self-made-men*, ils savent reconnaître le talent lorsqu'ils le voient, et César resplendit comme un phare dans la nuit. Ils lui confient volontiers leurs trucs et astuces. Travaillez dur et menez une vie honnête, lui conseille John Wanamaker, fondateur du concept du *department store*, et futur père de la publicité moderne. Vivez avec votre temps ou, encore mieux, soyez en avance sur lui ! lui chuchote Cornelius Vanderbilt qui, à soixante-dix-huit ans, n'a pas fini d'étendre son empire ferroviaire sur le monde. Tout ça ne tombe pas dans l'oreille d'un sourd. Lorsque l'Exposition de Vienne ouvre ses portes, César n'hésite pas une seconde. Il faut être là où va le beau monde.

À vingt-trois ans, il est plus que jamais décidé à réussir, et vite. La rage, l'excitation l'ont quitté. Il lui reste une obstination maniaque que rien ne peut entraver. Aux Trois Frères Provençaux, il se fait rapidement sa place. Pour lui qui n'a connu que la cuisine guindée de Paris, les plats provençaux sont une découverte. La tomate, en particulier, cette pomme d'amour, lui fait une forte impression. Et l'huile d'olive, l'ail, les herbes, le pistou, la tapenade ; les Trois Frères font débarquer le Sud à Vienne. Ils font passer le Danube pour la Durance, pour un peu on entendrait chanter les cigales. Ça change des montagnes valaisannes et du plat Paris. Les mots et les mets tourbillonnent sur la langue. Il faut dire aussi que les nids d'hirondelle et les petits chiens conservés à l'huile de ricin proposés dans les restaurants orientaux de l'Exposition en laissent plus d'un dubitatifs.

Lorsqu'il y a foule au restaurant du pavillon impérial, situé tout à côté des Trois Frères dans l'Exposition, César va donner un coup de main. Le beau monde s'y donne rendez-vous. Il y a de tout. D'un côté les Allemands, l'empereur Guillaume et son fils Frédéric et bien sûr l'indétrônable Bismarck. De l'autre, les Danois et le prince de Galles – qui a épousé une de leurs princesses – n'ont pas encore digéré que les Teutons leur aient arraché le duché de Schleswig-Holstein dix ans plus tôt. Entre les deux, les Autrichiens, rancuniers et vexés de s'être fait botter les fesses par les hachepailleurs à Sadowa. Pour les ministres français, 1870 n'est qu'à trois années de là. Et puis encore les Italiens, prenant parti pour les Allemands qui leur ont rendu Venise, jadis occupée par Vienne. Tout ce petit monde se déteste cordialement et dîne à la même table. César doit déployer des trésors de diplomatie pour plaire à tous sans froisser personne. Il parle aux princes et dirigeants dans leur langue maternelle, attrape quelques mots de danois, une corde de plus à son arc.

Souvent, il a le plaisir de servir le prince Rodolphe, le seul fils de l'empereur François-Joseph et de l'impératrice Sissi, et le prince Édouard de Galles. Les deux hommes s'apprécient, malgré leurs seize ans d'écart. Le blond des Habsbourg et le roux des Tudors. Que sont-ils l'un pour l'autre ? Une image paternelle pour Rodolphe, dont le propre géniteur n'est capable de parler que de chasse ? Un petit frère espiègle pour

Édouard, élevé loin de sa famille ? Lorsque l'impératrice d'Autriche et la princesse de Galles ne sont pas à portée d'oreille, ils s'en donnent à cœur joie en fumant. Ils se donnent du Bertie et du Rudi. Édouard est un bon vivant, ça se voit à sa silhouette déjà bien carrée, surtout à côté de l'allure de page de Rodolphe. César, avec sa discrétion habituelle, se faufile entre les deux hommes, s'imprègne des goûts du prince de Galles : cigares cubains Montecristo et cigarettes Laurens, bœuf à point et poulet rôti, orchestres tziganes et valses viennoises. Le jeune homme ne le sait pas encore, mais c'est le début d'une relation qui durera toute une vie. Édouard lui sera fidèle à Monte-Carlo. À Cannes. À Londres. À Paris. En attendant, ils n'échangent que des regards, des compliments, un sourire de connivence. Ils en sont encore à se séduire, le futur roi et le grand hôtelier en gestation.

Quand il n'est pas de service, César se promène dans la foire. C'est sa deuxième Exposition universelle, alors il passe rapidement devant les machines agricoles, les stands dédiés au bois, au bronze, au cuivre. S'arrête devant les appareils ayant pour but le confort et le maintien de la santé des habitants : le matériel d'éclairage et de ventilation, les systèmes de chauffage, les égouts et les paratonnerres, et surtout les water-closets. C'est la première fois qu'il en utilise, et il se dit que les Américains de l'Hôtel Splendide avaient bien raison : c'est une invention prodigieuse. Il regarde la file des hommes et des femmes qui se succèdent, s'enferment, tirent la chasse. Le luxe est évacué avec les eaux usées, bienvenue au confort ! On ne veut plus du doré, on veut du pratique. César note ça dans un coin de sa tête, sait-on jamais, ça peut servir.

Il décide de monter au sommet de la Rotonde, le plus haut bâtiment de l'Exposition. Chacun des quatre piliers de l'édifice est doublé et, entre les deux, un grillage en fer forgé forme une sorte de cage permettant d'accéder à la première galerie circulaire qui fait le tour de la Rotonde. César emprunte ensuite un petit escalier en fer puis une vis qui débouche sur la galerie entourant la petite lanterne. De là, tout le paysage court vers lui, il est le centre du monde visible. Au nord-est, la plaine du petit Alföld vient toucher le ruban doré du Danube. Des champs verts à perte de vue, décorés d'arbres mousseux et ronds comme des champignons. César fait la moue. Plaine viennoise et montagne valaisanne, même combat. Il fait rapidement le tour de la lanterne. De l'autre côté, c'est le bois du Wienerwald qui dégringole des collines jusqu'aux portes de Vienne. Il inspire à pleins poumons. D'où il est, il peut voir les fourmis humaines se presser dans les rues et les attelages remonter le Ring qui encercle la ville. Il plisse les yeux, il entend presque le brouhaha de la foule, sent la transpiration des corps qui se frôlent. Des frissons lui hérissent les poils des bras, il se met sur la pointe des pieds, il voudrait être là-bas.

Il pleut et César visite Vienne à grands pas, slalomant entre les parapluies noirs. Les grandes roues des calèches font jaillir l'eau sur les trottoirs. De petites gouttes atterrissent sur ses chaussures bien cirées. Il râle. Venant dans sa direction, le cocher d'un landau tire sur les rênes et s'engouffre à toute blinde sous un porche avant de s'arrêter brusquement. César le suit des yeux. Deux dames descendent de la voiture, un valet de pied se précipite. Le cœur de César se met à battre, c'est le conscrit qui aperçoit au loin la chaumière fumante de sa mère. C'est un hôtel. César traverse la rue et passe sous la grande porte. Pendant ce temps, le cocher a continué jusqu'à la cour du bâtiment et a fait demi-tour. Il est prêt à repartir, mission accomplie, ces dames n'ont pas mis le nez dehors, elles sont sèches comme deux merluches.

Le jeune homme foule le grand tapis rouge. À l'intérieur, c'est l'élégance à la viennoise : balustrades en pierre, faux marbre, statues ciselées à la main, chandeliers en cristal suspendus à de hauts plafonds en stuc. Il s'adresse au valet pour connaître le nom de l'hôtel. *Das Hotel Imperial*, lui répond-on. César est trempé, il a froid. Il demande s'il y a un endroit dans l'hôtel où prendre un café. Le valet lui indique le salon de thé.

César commande de l'*Imperial Torte*, un gâteau d'amandes, de chocolat au lait, de marzipan et de poudre de cacao qu'un jeune apprenti pâtissier de l'hôtel, Franz-Xaver Loibner, vient d'inventer en l'honneur de l'empereur François-Joseph. César aime les desserts viennois, moins pour leur goût que pour les rosaces de crème au beurre, les dômes de chantilly, les colonnes de copeaux de chocolat. *Kirschtorte*, *Kardinalschnitten*, *Gerstnertorte*, c'est de l'art néo-Renaissance qu'on se fourre en bouche. Dans le salon, les hommes assis sur les banquettes bleu roi lisent le journal en sirotant leur *Kaffee* aromatisé, café fort ou léger, à la crème de café ou de lait, avec du rhum ou de la liqueur, un jaune d'œuf et de la crème fouettée.

César a le nez en l'air. Il regarde tout. Les plafonds ornés, les grandes fenêtres qui donnent sur la rue. Il a des fourmis dans les jambes et décide de partir en expédition. Il commence par passer une tête discrète par la porte du restaurant. Lourds rideaux plissés dorés, hautes bougies blanches, plats d'argent et bols de roses sur les tables, peintures d'anges sur les murs, entre les fenêtres. Pas mal. La suite maintenant. Il emprunte l'escalier monumental qui mène au bel étage. Ses chaussures trempées couinent à chaque marche. Il monte entre deux hauts murs de faux marbre jaune, rouge et vert. En haut, une statue de la nymphe Danube grandeur nature l'accueille à bras ouverts, entre deux colonnes antiques.

Il furète. Par une porte entrebâillée par une femme de chambre, il aperçoit des courtines de lit jaune moutarde, du parquet marqueté, un plafond aux moulures dorées à la feuille d'or. Et des tapis d'Orient, au sol. César en a vu des modèles dans l'Exposition : c'est une explosion de pourpre, de sable, de bleu indigo. Les suites les plus luxueuses sont au premier, pour épargner aux invités de marque de s'user les jambes dans les escaliers. César trouve cela dommage. Plus on monte dans les étages, plus la vue par les fenêtres donnant sur le boulevard annulaire du Ringstrasse est à couper le souffle.

Il touche les veines orange du faux marbre du bout des doigts, caresse le dos des fauteuils tapissés, pour s'imprégner de l'atmosphère capiteuse. S'il n'avait pas une peur affreuse du ridicule, il irait fourrer son nez dans les tentures, pour en respirer l'essence. Il se perche tout en haut du grand escalier, se penche par-dessus la balustrade. Le tourbillon des marches. La lumière réfléchie par les pampilles de cristal. Il y a encore le fracas d'un attelage arrivant dans le hall. Bien, se dit César. Bien. Il se remonte mentalement les manches.

L'été, la montagne. La mer, l'hiver

Noël le cueille au Grand Hôtel de Nice. En cette fin d'année 1873, la capitale azuréenne est à la mode. C'est *the place to be*, comme disent les touristes britanniques. Le beau monde s'y partage entre Nice, Cannes, Monte-Carlo. Dès le mois de décembre, les stations sont envahies par une colonie de baigneurs, de tuberculeux et de rentiers. César les croise sur la promenade des Anglais, marchant à petits pas mesurés, s'extasiant devant les vaguelettes de la Méditerranée, ils ont l'impression de contempler leur âme. De vieux messieurs assis sur des tabourets pliants à rayures commettent de petites aquarelles qui n'ont d'autre mérite que de faire passer le temps. Sur la plage, les femmes en costume de bain six pièces quittent leur cabine de plage et arrivent au rivage, bleues de froid. Elles s'immergent plus qu'elles ne se baignent, c'est baptismal. César a bien tenté de comprendre ce qu'elles y trouvaient. Il a roulé le bas de son pantalon, ôté ses chaussettes noires et ses chaussures parfaitement cirées. Le sable gris et la poudre des petites tellines rose bonbon brisées par le ressac lui ont chatouillé la plante des pieds. Il a trouvé l'eau trop froide. Le vent venant du large l'a décoiffé. Il s'est forcé, immobile, les talons s'enfonçant dans le sable spongieux, les orteils rétractés, regardant la mer, attendant la révélation. Le sel a dessiné un anneau blanc en haut de ses chevilles. En vain. Depuis, il laisse la plage aux touristes. Il n'a pas le désir du rivage. Il préfère les coquillages dans l'assiette, avec du beurre et du citron.

Au Grand Hôtel, il a changé de peau. Le voilà maître d'hôtel. Il a raccroché pour toujours son tablier de serveur. Désormais, il supervise sa propre équipe de pingouins. Parmi le personnel, il y a beaucoup de Savoyards. Il n'y a guère plus de dix ans que Nice a quitté le giron du comté de Savoie pour être rattaché à la France. César attrape l'italien, comme d'autres un rhume. Il est l'homme-orchestre du restaurant : il place, conseille, explique, écoute les doléances et les louanges. Il est les yeux et les oreilles de la salle qui bruisse du tintement des couverts. Lorsqu'il est fatigué, il sourit ; lorsqu'il a faim, il jeûne. Il a trouvé son sacerdoce, son habit noir et blanc.

Il repense à Bellenger, l'homme d'avant la guerre. Avec lui, l'erreur était interdite. Il s'applique, dans les pas du maître. Hercule cherchant la gloire et l'immortalité. Il veut inscrire son nom au Panthéon de l'hôtellerie. Lui aussi, maintenant, effectue la revue des troupes, vérifie les uniformes, le nappage, le dressage, le service. Le décor qu'il crée chaque jour pour ses clients doit être parfait. Lorsqu'une dame trop serrée dans son corset décide d'aller voir le sol de plus près, il soupire intérieurement. Ça fait désordre. Puis il accourt avec les sels.

Pourtant, il les aime, ces linottes, enrubannées, poudrées, ombrellées. Elles ont un sens du détail, de la dentelle qui va bien, du pois, de la ligne, du trait. Elles sont les véritables maîtresses de l'esthétique. Les hommes aiment le Beau pour l'image d'eux-mêmes qu'il leur renvoie. Les femmes aiment le Beau pour le Beau. César aussi. Toutes ces femmes, ces vitrines ambulantes de la réussite de leur mari, ces bigotes qui brodent à longueur de journée, il voudrait les libérer de leur carcan. À l'hôtel, elles sont là en spectatrices alors qu'il les voudrait Phèdre ou Andromaque. Chaque jour, il les dispose dans sa salle de restaurant. Les robes bleues, grises, violettes, au centre, les fuchsia, carmin, corail, sur le pourtour. Sa mère n'avait pas tort, finalement. Il ordonne ses clients comme un peintre ses couleurs. Ses tableaux sont éphémères, ils se fanent dès qu'une belle sort de table, mais tant pis, il recommence. Chaque jour, encore et encore, il reprend son pinceau.

Les femmes lui rendent bien son amour. Il récolte œillades, sourires en coin, petits mots glissés dans la main, mouchoirs tombés comme par hasard à ses pieds.

Il rend avec une courbette ou jette. Et parfois, avec une demoiselle délaissée ou une vieille fille dégourdie, il s'autorise quelques exercices.

D'ailleurs, il ne tape pas que dans l'œil des filles. César est de ceux-là que même les hommes envient. Il porte beau, parle bien, réfléchit vite. Il s'attire les bonnes grâces de Herr Weber, le directeur de l'Hôtel Rigi-Kulm de Lucerne. Lorsque la saison se termine à Nice, vers la mi-mai, il a déjà un autre contrat en poche. Il suit l'exil de l'aristocratie vers des contrées plus clémentes. À la mer, l'hiver, à la montagne, l'été. Le privilège des riches est de n'avoir jamais ni chaud ni froid.

Au Rigi-Kulm, il prend le poste de maître d'hôtel pour la saison d'été. L'hôtel est situé sur un sommet qui avance entre le lac de Lucerne et celui de Zoug, au milieu d'une grande pelouse en pente qui s'arrête brusquement au bord d'un précipice. Depuis quelques mois, le train à crémaillère Vitznau-Rigi-Staffelhöhe arrive jusqu'au Rigi-Kulm et déverse chaque jour des touristes déguisés en montagnards. Ils font quelques pas, feuillettent frénétiquement des guides, se penchent sur les talus de fleurs en murmurant des noms latins. Ils emportent d'énormes sacs desquels ils sortent des miches de pain grosses comme des nouveau-nés, du vin, des pommes rouges bien luisantes. Ils restent deux heures dehors puis viennent s'affaler dans les fauteuils de l'hôtel. Ils se déclarent épuisés. À dix heures du soir, ils ronflent. César doit les secouer pour qu'ils regagnent leur chambre.

Le matin, c'est la course. Les clients sont là pour une seule chose : le lever de soleil au-dessus des lacs et des glaciers. Les plus organisés se lèvent deux heures avant. César leur fait servir un petit déjeuner chaud, puis ils s'emmitouflent dans des couvertures et vont se poster à la pointe de la montagne, là où la vue est totalement dégagée. Par les fenêtres de l'hôtel, César les voit grelotter dans la pénombre qui s'éclaircit peu à peu. L'ourlet de leur robe ou de leur pantalon est trempé par la rosée. Ils soufflent sur leurs doigts engourdis. Et puis il y a ceux qui n'ont pas entendu sonner leur réveil. Ils sont tirés brusquement de leurs rêves par les vachers passant sous les fenêtres et sonnant le rappel de leur corne. Ils descendent l'escalier quatre à quatre en criant : Je ne l'ai pas raté ? Je ne l'ai pas raté, n'est-ce pas ? César les pilote vers le point de vue, distribue du café bouillant.

Parfois, la surface polie des lacs est dissimulée par une mer de nuages moutonneux et on se croirait en plein ciel. Les hommes se penchent au-dessus du gouffre, cherchant l'ivresse du vide. Les femmes se tiennent quelques pas en arrière, tenant leur grand chapeau à deux mains. Il y a un moment de flottement, juste avant que le disque rouge apparaisse derrière les

Alpes violettes, des Chut ! comme si on était à l'opéra. César se tient à leurs côtés, la cafetière à la main. Il aime le silence qui emporte soudain les conversations, quand les rayons percent enfin le ciel, vous atteignent, réchauffent votre peau gelée. Plus personne ne bouge, il ne faut pas déranger le lever du grand astre. Le moindre mouvement risquerait de briser la magie.

Lorsque enfin le cercle est entièrement visible, les spectateurs sortent de leur léthargie, se regardent avec des yeux étonnés. On se croyait seul au monde. César reprend les choses en main : il pousse son troupeau vers la salle à manger. Le temps d'atteindre l'hôtel, tout le monde parle en même temps et on passe à table dans un joyeux brouhaha. César fait signe aux serveurs, qui se précipitent vers les clients. Ce lever matinal a aiguisé les appétits. Le jeune homme veille à tout, la cuisson des œufs brouillés, le beurre – ni trop mou, ni trop dur – le sel et le pain croustillant. Pour ces hommes et ces femmes affamés, il a remplacé le soleil brillant, ils lui font signe, se réchauffent à son sourire courtois. Pour eux, César sort son char et entame sa course au firmament.

Il se plie en quatre. Plutôt mourir que faillir. Un jour de septembre, alors que l'hôtel s'apprête à fermer ses portes pour l'hiver, un groupe de quarante touristes américains envoyé par l'agence Thomas Cook de Lucerne est annoncé pour le déjeuner. Le chauffage central, qui vient d'être installé, est tombé en panne, on gèle dans les grandes pièces. Le directeur de l'hôtel se voit déjà en train de refuser les Américains, déshonneur ultime. Mais César repense à ce que lui ont dit tous ses maîtres, Bellenger chez Voisin, Cornelius Vanderbilt au Splendide, les trois frères à Vienne : Agir vite ! Il sait qu'une petite pièce est moins longue à chauffer qu'une grande. Ni une, ni deux, il réquisitionne un petit salon et y fait placer des tables et des fauteuils pour le transformer en salle à manger. Il court dans les étages, sa bande de serveurs sur les talons, désigne des objets, ça, ça, ça. On transporte des couvertures et des draps dans la nouvelle salle à manger. Dans l'une des chambres en cours de restauration, César récupère des briques, envoie deux grands garçons les faire chauffer dans les fours de la cuisine. Puis il pille le hall, les plantes vertes sont décachepotées, les récipients en cuivre, emplis d'alcool à brûler. César allume une flambée d'enfer. Le personnel crie au fou mais le suit avec enthousiasme, sa confiance est communicative.

Lorsque les Américains arrivent, avec leurs grandes chaussures, leurs grands sacs à dos et leur grande gueule, César est prêt. Il les accueille sur le perron et les guide vers le salon. Il fait servir des plats brûlants, consommés et crêpes flambées. Les serveurs glissent les briques chaudes enveloppées dans des linges sous les pieds des clients. C'est pittoresque, c'est typique, c'est *lovely* ! Les Amerloques repartent enchantés. L'épisode reçoit les honneurs de la presse. César garde la coupure de presse pliée en quatre dans son portefeuille, la déplie, le soir, et contemple son nom en caractères d'imprimerie.

Un rappel que, pour satisfaire ses clients, il faut se faire magicien, illusionniste, mage enchanteur.

Sur la route

À la saison suivante, César quitte le canton de Lucerne pour le Tessin. À Locarno, les clients sont là pour la beauté primitive du val Verzasca et de sa rivière sauvage, les ponts centenaires en dos d'âne qui jettent leurs arches par-dessus l'eau claire bouillonnant autour de blocs de pierre polis, le paysage minéral, les petites chapelles dédiées à des saints locaux. Sur les rives ensoleillées de la baie du lac Majeur où prospèrent magnolias et palmiers, César perfectionne son art de la diplomatie. Ce n'est pas gagné : le manager de l'hôtel, Herr Wagner, est une épine dans son pied. Plus souvent soûl que sobre, il cache une collection de bouteilles sous les grands coussins du canapé de son bureau et engloutit à longueur de journée des mètres de tartines de jambon cru. Il est gras et imbibé. La bibine lui a grillé le cerveau. Le plus souvent, il ronfle, renversé sur sa chaise, son souffle chargé faisant tressauter sa moustache.

La nuit, il hante le bâtiment, se cogne aux murs, pantin désarticulé, jure, trébuche, se rattrape à la cloche du dîner dont le son furieux réveille les clients. César sort de sa chambre, en bras de chemise, les chaussures délacées. Il tente de calmer tout ce petit monde énervé. Le matin, les clients réclament leur note, leurs bagages. César parlemente. Encore une fois, il se fait bonimenteur, argumente, promet avec son sempiternel sourire. Dieu, ce sourire ! Les femmes ne peuvent dire non, les maris sont obligés de suivre.

César a en permanence le sentiment de tracter à la nage un vaisseau lancé à pleine vitesse dans l'autre direction. Le Grand Hôtel de Locarno est un paquebot de granit. Sous la barre de César, il dérive de quelques degrés, évite de peu la catastrophe. Jusqu'au prochain obstacle. Lors d'une de ses beuveries nocturnes, Wagner s'en prend à sa femme qu'il prétend adultère. Son esprit embrumé retrouve la cachette d'un vieux pistolet oublié dans un tiroir. Il troue la robe, manque la cuisse et l'artère fémorale. César s'étrangle. L'idée de tout ce sang prêt à être répandu lui donne des suées. Wagner se fait une réputation de Barbe bleue. L'été passe, le soleil poudroie, l'herbe verdoie et l'hôtel se vide.

César quitte Locarno pour une autre cité lacustre, San Remo, sur la Riviera ligure, au fond d'une vaste baie gardée par le cap Noir et le cap Vert. Par les fenêtres du petit Hôtel de Nice, il observe la tsarine

Maria Aleksandrovna, qui fuit en Italie la cour de Saint-Pétersbourg et le spectacle de son mari amoureux d'une autre. Elle gravit la colline jusqu'au promontoire où se dresse l'église de la Madone-de-la-Côte, les torrents San Romolo et San Francesco dévalent le long des parois rocheuses. Elle préfère la futaie humide des châtaigniers aux vergers d'agrumes et aux champs d'oliviers rieurs de la côte. César la suit des yeux, escortée par l'armée angélique des femmes de sa suite, l'air grave, le teint pâle, mangée de mélancolie et de regrets.

Il n'a pas le temps de s'attendrir. Pour la première fois, on lui confie les finances d'un hôtel. Il s'abîme les yeux sur les colonnes de chiffres, multiplie, additionne, sa plume crisse sur le grand cahier des recettes. Ce ne sont plus des cierges et des hosties, qu'il lui faut rentrer en magasin, il jongle avec des sommes à vous crever les poches. Chaque matin, il sort sur le perron de l'hôtel et scrute le ciel. Le soleil brille, la silhouette verte de la Corse se dessine, dans le lointain : les clients vont venir, les affaires seront bonnes, un sourire lui fend la trogne d'une oreille à l'autre. Des nuages gris moutonnent ? Tout de suite, il s'inquiète, reprend son boulier, recommence ses comptes. Il se fait Nostradamus et double le chiffre d'affaires en une saison.

Décidément, San Remo lui réussit. L'hiver suivant, il y revient pour prendre le poste de manager à l'Hôtel

Victoria, qui s'est fait une spécialité de tous les riches phtisiques, bronchiteux et enrhumés. César a un saint dégoût pour les microbes, que le chirurgien Charles Sédillot n'a pas encore baptisés. Convaincu qu'à dormir avec les chiens, on se réveille avec des puces, il force son personnel à se laver sans cesse les mains. À côté des lavabos, les gros citrons de savon jaune, à force d'être frottés, finissent par ressembler à des os de seiche.

Comment faire, aussi, avec toutes ces tentures, ces papiers peints, ces meubles tournés, ces franges, ce velours, ces tapis qui retiennent la poussière ? S'il ne tenait qu'à lui, il brûlerait le tout. Au feu ces nids à maladies ! Il rêve de mousseline, de soie et de surfaces polies.

Qu'importe, il recommence son tour de passe-passe. En une seule saison, le profit de l'hôtel passe de dix-sept mille à soixante-dix mille francs. Parmi le personnel, on se murmure ce gros chiffre, on s'incline respectueusement devant cette gloire qui monte. Et il faut rendre à César ce qui est à César : tout le crédit de ce succès lui revient, car le directeur de l'hôtel, un vieux serin, sait dépenser son argent mais pas le gagner.

Les années suivantes, César les passe à faire le pendule entre différentes stations touristiques, dans le Tessin, en Italie, sur la Riviera. Quatre ans pendant lesquels il ajuste son costume de maître d'hôtel et de manager et se construit un carnet d'adresses en forme de *Who's Who*.

Plusieurs fois déjà, sa route a croisé celle du colonel Maximilian Pfyffer. À l'époque du Rigi-Kulm, les deux fils du colonel, Alphonse et Hans, venaient souvent monter à cheval et César s'en est fait deux camarades. Eux admirent ce jeune homme qui se forge à la force du poignet ; lui envie leur vie facile, leur sens inné du monde. Les deux garçons ont recommandé César à leur père. Durant les années de pérégrination du jeune homme, Max Pfyffer a donc suivi son ascension avec la plus grande attention. Et voilà qu'ils se retrouvent à San Remo.

Ils sont assis face à face dans le grand salon de l'hôtel, la longue figure et les oreilles en pointe de Pfyffer, César avec ses yeux ronds comme des billes noires, attendant tranquillement. La nuit tombe, les becs de gaz s'allument, traçant le contour de la rive, sortant de l'ombre la forêt de mâts oscillant doucement dans le mouvement de la marée. Ils se jaugent, l'ancien grand chambellan des princes napolitains et le fils du maire de Niederwald. Le colonel joue avec les extrémités de sa moustache, blanche sur le collier noir de la barbe, malgré ses quarante-trois ans à peine. Enfin, il se penche en avant.

Il y a sept ans, il a fait construire un hôtel à Lucerne. César regarde ses doigts qui volettent dans l'air tandis qu'il expose son rêve grandiose. Un palais pour rappeler la *dolce vita* de Naples. Un grand bâtiment rectangulaire, pierres taillées, pilastres, balcons ouvragés. Un gros château Renaissance. Une avalanche de superlatifs grandiloquents tombe de la bouche de Pfyffer. César attend le « mais », son expérience lui a appris qu'il y a toujours un « mais », petit caillou désagréable dans la chaussure. Pfyffer se rencogne dans son siège. Il soupire. Mais voilà. César sourit. Le colonel poursuit : les clients ne sont pas au rendez-vous, ils préfèrent d'autres hôtels, plus à la mode. Les affaires ne décollent pas. Il est en train de se ruiner.

Pfyffer fait lentement tourner son verre, les glaçons cliquettent en s'entrechoquant. César a croisé les chevilles, les deux bras sur les accoudoirs, position d'une jolie fille qui se fait désirer. Il a l'âme d'un entrepreneur, le colonel, mais pas d'un directeur d'hôtel. Ce qu'il aime, c'est l'ivresse de la nouveauté ; les tracas du quotidien, il les laisse bien volontiers à d'autres. Le jeune maître d'hôtel ne dit toujours rien. Pfyffer souffle. Enfin, j'ai besoin d'un homme comme vous. Le poisson est ferré, mais César ne tire pas tout de suite sur la ligne, il laisse l'autre se débattre, le bouchon plonge et réapparaît. Vous avez fait des miracles, dit le colonel. Locarno, San Remo. Vous avez transformé des naufrages en croisière. Chez vous (ah, comme César goûte ce « chez vous » !) on rit on s'amuse on dépense. Vous avez l'aristocratie anglaise, russe, italienne, vous les tenez par le plaisir. Le maître d'hôtel s'autorise un rire humble, que le colonel balaye de la main. Pas de fausse modestie, César se le tient pour dit.

Voyons, que faut-il pour vous décider ? César penche la tête sur le côté, fait la moue, fausse ingénue qui hésite. Il plonge son regard dans les yeux bleus du colonel. Deux mots seulement : quelle position ? Pfyffer se détend, la partie vient de se déplacer de son côté de l'échiquier. Il pose son verre.

Carte blanche

Directeur général. César se murmure les deux mots, en boutonnant sa chemise blanche au col empesé. Directeur. Un bouton. Général. Un bouton. Directeur. Un bouton. Général. Il sourit à son reflet dans le miroir. Dix ans qu'il attend ça. Depuis la seconde où il a posé le pied sur le quai de la gare de Lyon, en 1867. Directeur général ! Un frémissement lui remonte le long de la colonne vertébrale, s'évase dans sa nuque, encercle son front.

Il est arrivé la veille, dans la nuit. Il n'a rien vu de Lucerne. Dans la voiture venue le chercher à la gare, tandis qu'il longeait le lac, il a levé les yeux vers le Rigi. Il a cru voir une lumière briller, tout en haut de la montagne. Une illusion, sans doute, le reflet de la lune sur le lac imprimé sur sa rétine. Mais il s'est plu à imaginer la vaste salle à manger illuminée du Rigi-Kulm, et les serveurs, dressant les tables pour accueillir dès le petit matin les randonneurs américains et les adorateurs du soleil levant. Il a tiré de son portefeuille l'article de journal qu'il y conserve depuis quatre ans. « MONSIEUR CÉSAR RITZ SAUVE L'EXCURSION D'UN GROUPE DE QUARANTE TOURISTES AMÉRICAINS ». Dieu, que cela lui semble loin. Il a presque pitié de ce gamin de vingt-trois ans si fier de ses tours de passe-passe. Il a froissé l'article en une petite boulette qu'il a expédiée par la fenêtre d'une pichenette. Elle a atterri sur la route, où le vent l'a ramassée et balayée. Il ne veut pas se souvenir de ce qu'il a été, il ne veut penser qu'à ce qu'il sera.

Devant sa glace, il a fini d'attacher ses boutons de directeur général. Son regard tombe sur une lettre, dépliée sur la commode. L'écriture fine, rendue un peu tremblante par les années. Il l'a trouvée sur son lit, en arrivant. Elle a parcouru du chemin. Elle lui a été adressée à l'Hôtel Victoria de San Remo. Quelqu'un a biffé l'adresse et a ajouté par-dessus « À faire suivre au Grand Hôtel National de Lucerne ». Il a tout de suite su d'où elle venait. L'encre bleue baveuse de mauvaise qualité, le papier à lettres bon marché. Et cette première phrase « Mon très cher fils », les mêmes mots que lorsqu'il était élève au collège de Sion. La lettre, il l'a parcourue rapidement, c'est un long cortège de petits événements. La vieille tante est morte ta sœur a eu un troisième enfant ton frère Josef s'intéresse à la politique le voisin a perdu trois chèvres de la gale. Le père ne sait que dire à ce fils qu'il ne connaît plus. Vas-tu aux offices ? Manges-tu bien ? Autant de questions qui sonnent creux. Si César s'écoutait, la lettre prendrait le même chemin que l'article de presse de la veille. Mais que voulez-vous, il a des remords, un fond de piété filiale bien ancré. Il attrape un carton et son porte-plume et trace hâtivement deux lignes. En substance : tout va bien, rien à signaler. Et que pourrait-il dire de plus à ce vieil homme qui n'a qu'une vague idée de sa vie ? Il demandera à la réception de timbrer l'enveloppe et de l'envoyer. Le problème est réglé.

Allons, il faut y aller. Il se répète encore une fois le petit discours qu'il veut prononcer devant les employés. Ensemble, nous allons réaliser de grandes choses ! Ensemble, nous offrirons à nos clients une expérience dont ils se souviendront longtemps ! Il pense à Bellenger, chez Voisin, martelant ses grands principes : efficacité, discrétion, sens du service. Il veut être meneur d'hommes, César. Marquer les esprits, enthousiasmer les cœurs.

Il noue sa cravate, lisse les pointes de sa moustache, rien ne bouge, tout est à sa place. Il s'entraîne à ne pas ciller, le regard noir, direct, le menton levé. Clic clac, aussi raide et figé que pour un portrait photographique. Il est prêt. De la tête aux pieds, parfait. Il ouvre la porte de sa chambre, pose une chaussure bien cirée dans le couloir. S'arrête net dans son élan, un pied de chaque côté du seuil.

La tapisserie des murs est bonne à jeter. Griffée, trouée, tachée. Son regard se pose plus loin, sur les boiseries éraflées, les plafonds jaunis, les meubles décatis.

Tout ce que la pénombre de la veille lui a dissimulé. On lui a promis Byzance et le voilà à Babylone. Il s'arracherait les cheveux s'il n'avait pas peur de se décoiffer. Il veut en avoir le cœur net. Il descend dans les étages. Partout la même déchéance. Des chambres qui n'ont pas dix ans laissées à l'abandon, les draps brûlés par le feu des pipes, les miroirs piquetés de taches noires, les lustres amputés de leurs pampilles. César parcourt des couloirs entiers de chambres inoccupées, rues vides d'une ville fantôme, les clients sont partis dépenser leur fortune ailleurs.

Les femmes de chambre et les valets se plaquent contre les murs pour le laisser passer. Ils ont à peine le temps d'entendre le couinement de ses chaussures bien cirées, il est déjà loin. Il fait claquer les portes, retourne la literie. Son passage est accompagné d'un long murmure. Qui c'est lui ? C'est quoi ce boucan ? On démolit la baraque ? Un huissier ! disent certains : il vient expertiser le mobilier. Non, un client qui a oublié des valeurs. Un client riche ? Qu'est-ce qu'un tel oiseau viendrait faire par chez nous ? Non, non, le nouveau directeur, je vous dis. Quoi, ce gamin qui doit à peine commencer à se raser ? Si si, César Quelque chose. Ritz ? César Ritz ? Celui de l'Hôtel Victoria ? Qui ? Mais si, tu sais. Est-ce qu'il va tout mettre par terre ou bien ?

Les chuchotements deviennent rumeur. La rumeur enfle. Tout est fini ! On est sauvés ! On est perdus ! César n'entend rien. La fureur le rend sourd. Mais pas idiot.

Il ne réfléchit jamais mieux que lorsqu'il est excité. Il se retourne. Le brouhaha se brise net comme une branche bien sèche. Un index en crochet. Venez. Le personnel ouvre des yeux ronds. Qui ? Moi ? Toi ? Nous ? Et puis ils se mettent en mouvement. Ils hésitent, d'abord. Puis ils sont bien obligés de suivre la grande foulée de César. Le nouveau directeur est bientôt suivi par une longue file indienne qui monte descend, monte descend les escaliers. Il récupère des suiveurs dans tous les étages. Les ordres fusent. On arrache les draps, on ouvre grand les fenêtres, on roule les tapis. César s'impatiente. Eh quoi, on lui a donné des lambins ? Qu'ils se remuent. Il n'y a pas une minute à perdre. Il remonte ses manches, arrache un chiffon à un garçon. Donnez-moi ça que je vous montre. Il lustre les poignées en laiton, retrouve les gestes des débuts. César le cireur !

À la fin de la journée, tous les employés ont des ampoules aux pieds. César a fait rassembler tout le linge à l'office où les meilleures couturières parmi les femmes de chambre s'usent les yeux à raccommoder les trous. Dans les cuisines, l'argenterie est étalée sur les tables et ça astique. Les meubles abîmés ont été remisés à la cave. César se frotte les mains. On y voit déjà plus clair. Bien sûr, il faudrait repeindre les murs, changer le mobilier, remplacer les lourds rideaux par de beaux voilages aériens. Mais il faut bien composer avec les moyens du bord.

À présent que chacun est à sa tâche, il va s'enfermer

dans son bureau. Sa journée n'est pas encore finie. Il tire de sa poche de veste un petit cahier à couverture de cuir. C'est son bien le plus précieux. Son carnet d'adresses. D'un tiroir, il sort une liasse de papier à lettres à l'en-tête de l'hôtel. Il fait craquer ses doigts. Il écrit à tous ceux qu'il connaît, à tous ceux qui comptent. Il les invite à venir découvrir le Grand Hôtel National de Lucerne – et dans sa tête il roule : le Grraand Hôtel, Loyal Monsieur César. Il gratte le papier, encore et encore. Mademoiselle, chère princesse, monsieur le baron. Il couche sur le papier des éloges et des courbettes. Il enfile sa peau de conteur. Il promet, les lunes tendres et pâles, les étoiles accrochées, les tambours battants, les rêves éveillés et les songes merveilleux, les aubes blanches sous les châtaigniers, les valses à ravir les cœurs, les esquifs sur le lac ouvrant les flots azur. Il promet, les chasses, la sueur des chiens, l'odeur sèche du crin des chevaux, les feuilles craquant sous les sabots, la neige perlée sur les sommets. Il promet, les ors et les fastes, les fourchettes d'argent, les flambées dans les cheminées. Il promet, le cristal des rires des femmes, les joues enflammées. Il promet. Jusqu'à ce que l'encre tarisse. Jusqu'à ce que les mots se perdent dans le grand flou de la nuit. Le jour le cueillera là, la tête penchée sur le papier, les manches relevées. Il dort, l'oreille posée sur les noms du gratin de l'Europe.

Pendant des semaines interminables, rien ne se passe. Les invitations sont restées lettre morte. Tout autour de l'hôtel, plus rien ne bouge. Même le vent du lac a cessé de souffler. Sur la terrasse, les châtaigniers dressent leurs branches immobiles vers le ciel bleu de la fin mai. César n'est pas du genre à baisser les bras. Il continue à houspiller le personnel, fait tous les jours le tour des chambres, passe un doigt sur les corniches, traqueur de poussière.

À Lucerne, les premiers touristes ont fait leur apparition. L'omnibus privé de l'Hôtel Schweiserhof fait la navette entre la gare et l'établissement, situé à trois cents mètres à peine du Grand Hôtel. Vingt fois par jour, il passe dans un grand fracas de roues, sa bannière de réclame étalée sur ses flancs, narguant César. Ses hautes glaces brouillent les visages anonymes des vacanciers.

Posté en haut des marches qui descendent vers la terrasse de l'hôtel, César regarde les promeneuses avancer le long des quais. Il a ce petit sourire que ses employés connaissent bien. Patience. Patience, mes toutes belles. Ce n'est qu'une question de temps. Le loup joue Mère-Grand, que vous avez de grandes dents. Il attend, tapi dans l'ombre. Elles ne se doutent de rien, avec leur petit panier de pique-nique accroché à leurs bras blancs. Parfois, l'une d'elles tourne la tête en passant à la hauteur du Grand Hôtel. Leurs regards se croisent. Il lui renvoie un sourire bien limé. Elle rougit, échauffée par la promesse qu'elle lit dans ses yeux.

Mais pour le moment, pas de femme au Grand Hôtel. Pas d'homme. Personne à part quelques touristes égarés. Un couple de vieux bourgeois déjà croisé à San Remo et que César a invité, puisqu'il lui restait de l'encre et du papier. Ils sont arrivés à pied, si tôt que la rosée trempait encore l'ourlet de leurs habits froissés par une nuit sans sommeil sur les dures couchettes du train. Ils ont demandé la chambre la moins chère, et entendent être servis comme des sang-bleu. Ils se plaignent de tout, renvoient leurs draps et leurs plats. Chipotent, pinaillent, font des histoires sans fin. Au buffet, ils s'emplissent la panse avec méticulosité. Il le faut bien, puisque c'est offert. Ils restent des heures, assis sur la terrasse, demandant force verres d'eau aux garçons, un doigt levé l'air de dire Et que ça saute. Dès qu'ils sont en coulisse, les serveurs bougonnent. Pour qui ça se prend avec son costume trop court et une robe qui a déjà vu trois saisons ? César se fâche et ordonne qu'on les serve comme des rois. Le Client, murmure le fantôme de Bellenger par-dessus son épaule.

Puis enfin, vers le milieu du mois de juin, alors que même César, pris d'un doute inavouable, voit son palais de pierre s'endormir lentement encerclé par une haie d'épines, le prince sauveur arrive. En fait de cheval blanc, il fait son entrée dans un carrosse tiré par quatre chevaux gris. Depuis son bureau dans lequel il s'enferme chaque matin, César tend soudain l'oreille. Cette agitation, ces cris brefs lancés, le choc sourd des malles que l'on désangle. Se pourrait-il ? L'espoir le fait jaillir de son siège. Il traverse le grand hall aussi vite que le lui permet la bienséance. Dans l'allée devant l'hôtel, le concierge s'affaire à la tête d'une petite armée de chasseurs. Au milieu de cette nuée empressée, un jeune homme d'une trentaine d'années, visage fin, cheveux noirs séparés par une raie bien nette, s'avance, calme dans la tempête, indifférent à l'émoi qu'il provoque. César descend à sa rencontre, ils se rejoignent, l'hôtelier s'incline. Ah, Ritz ! dit le visiteur. Nous vous avons débusqué ! César a le nez au niveau de ses genoux. Mon prince, c'est un honneur. Voici venir Alphonse de Bourbon, prince royal des Deux-Siciles, comte de Caserte.

Ce petit cérémonial terminé, Bourbon donne une grande claque sur l'épaule de César. Ça va être un été épatant. Ils montent ensemble les marches de l'hôtel. César rit, et les chasseurs chargés de bagages se regardent. Ritz sait rire ! Celui-ci a un frémissement de la moustache qui signifie Je vous l'avais bien dit. Et tous reconnaissent leur maître.

Quinze jours plus tard, les deux cents chambres du Grand Hôtel sont occupées. Depuis l'aube jusqu'aux petites heures de la nuit, César se laisse entraîner dans le grand éclat de rire qui secoue toute la maison. La joie et la confiance ont mis sur ses joues le rose des jeunes mariées heureuses. À midi, au plus fort de l'agitation, lorsque les employés ne savent plus où donner de la tête, il se plante au milieu du hall, au cœur de la houle, inspire profondément. L'électricité ambiante le pénètre par le bout des doigts. Il tourne lentement sur lui-même, bras écartés. Puis son tour achevé repart de son pas pressé répondre aux appels des clients. Monsieur Ritz ! Monsieur ! Oh, Ritz ! pour ceux qu'il connaît bien. Il se déplace parmi eux, se coule de l'un à l'autre, souple, agile, l'hôtel est son terrain de chasse.

Il n'y a qu'une ombre à son tableau. Le chef du restaurant, un paresseux qui refuse de se plier aux idées du patron, des idées parisiennes, très peu pour lui. Ce n'est pas un blanc-bec qui va venir lui expliquer comment diriger ses cuisines. César a beau se fâcher, rien n'y fait. Il le remplacerait bien, mais par qui ? La saison d'été bat son plein, les embauches sont faites. Bien sûr, en y mettant le prix, on pourrait débaucher un chef, mais Pfyffer, supplié par César, refuse sous prétexte de faire des économies. On verra plus tard, la cuisine, c'est secondaire. César fulmine. Le colonel ne comprend pas que dans un hôtel de cette classe, rien n'est secondaire. Le client ne pardonne rien. Il ne veut pas du parfait, il veut du plus-que-parfait. Mais Pfyffer, qui d'ordinaire passe à César toutes ses lubies, ne se laisse pas fléchir. Alors il faut ruser.

Justement, le duc de Maillé, connu pour son fin palais,

est de passage au Grand Hôtel. Toute la soirée, alors que le duc dîne dans le restaurant du rez-de-chaussée, César fait les cent pas autour de la salle. Il constate avec satisfaction que les plats repartent à moitié pleins. Au fur et à mesure que le dîner avance, il resserre son cercle. À la fin, il est si près qu'il peut voir la légère grimace qui se peint sur le visage du duc lorsqu'on lui apporte son dessert. Il prend son mal en patience, ce n'est pas encore son moment. Il laisse l'autre passer dans le fumoir, s'asseoir, allumer un cigare, commander une petite poire. Il s'approche. Monsieur le duc. Tiens, monsieur Ritz, comment allez-vous mon ami ? Bien, monsieur, comment se passe votre séjour ? Fort bien, fort bien. Votre chambre est bonne ? Fort bonne. Le temps vous est agréable ? Idyllique. César plante ses yeux dans ceux du duc. Tout est-il selon votre bon plaisir ? Le duc regarde César qui le regarde. Le coin gauche de sa lèvre remonte. Il a beau être jeune, il a beau être duc, choyé, gâté, dorloté, on ne lui en conte pas. Eh bien, mon ami, vous connaissez mon amour de la table. Certainement, monsieur le duc. Vous aviez fait de tels miracles, à San Remo. J'ai souvenir d'un filet de bar sauce vanille ma foi fort goûteux. Merci, monsieur. Pourtant ici… Ici, monsieur ? César attend, penché en avant, l'oreille aux aguets. Le duc lève une main, agite les doigts pour désigner le décor du salon. Vous avez un palais qui n'a pas de palais. Oh, excellent mot, monsieur ! César baisse la voix. Accepteriez-vous d'en toucher un mot à notre propriétaire, M. Pfyffer ? Il est justement assis là-bas. Le duc tapote son cigare pour en faire tomber la cendre, sa lèvre remonte encore. Bien, bien, il comprend tout. Il hoche la tête et César se hâte de battre en retraite.

Le soir même, Pfyffer convoque le chef. Sa colère s'entend à travers tout le rez-de-chaussée. C'est le sang italien qui s'exprime en lui. Ses mains donnent de grandes claques en l'air. Le chef s'est replié dans un coin de la cuisine. Les commis se sont enfuis. Le colonel perd tout sang-froid. On veut donc lui couler son affaire ? On cherche à faire fuir la clientèle ? On veut empoisonner les dîneurs ? Ses yeux bleu orage lui sortent de la tête, il bégaie de fureur. César, habituellement adepte de la modération et du calme, le laisse faire sans broncher. Le chef essuie une larme qui roule le long de sa joue avec un torchon maculé de sauce. Il ne fait plus le fier ni l'arrogant. Il a peur. Peur d'être renvoyé, mais aussi peur de ce colonel qui a passé au fil de son épée tant de soldats de l'armée de Garibaldi, lors de la grande bataille de Sicile, en 1861. Il inspire de la pitié à César, mais aucune compassion. Pour lui, un mauvais chef est un chef paresseux ou négligent. Il n'a aucune sympathie pour les hommes qui ne se donnent pas les moyens de réussir.

Dès lors, le chef file droit, la maison marche au carré, César veille au grain. La première saison du nouveau Grand Hôtel National se termine en fanfare. Les invités se retirent sur la Côte pour passer l'hiver et, encore une fois, César les suit. Il s'installe pour six mois à l'Hôtel des Îles Britanniques de Menton. M. et Mme Rosnoblet, les propriétaires, sont trop heureux de récupérer le jeune prodige et lui font un pont d'or. Les Mentonnais lui font bon accueil. César remonte son petit manège et c'est reparti. L'hôtel marche à la baguette.

Le soir, il s'effondre sur son lit. Délacer ses chaussures, enlever son habit, lui demande un effort infini. Ses mains ne sont plus que deux éléments flottants sortant de ses manchettes amidonnées. Le nœud papillon s'entortille entre ses doigts, le col craque. Sa tête posée sur l'oreiller, il ne dort pas. Il fait des plans sur la comète, construit de beaux châteaux en Espagne, repasse des listes de choses à faire à n'en plus finir. Il dort trois heures d'un sommeil léger, rêves hantés de clients mécontents et de vaisselle brisée. Ses yeux sont grands ouverts avant que son réveil ne sonne. Un tour de manivelle, le moteur repart. Il descend au salon, impeccable, souriant, salue le concierge de nuit ébahi qui se demande s'il n'a pas manqué le chant du coq. Dédaignant les fauteuils accueillants, il va se poster dans l'encadrement d'une fenêtre, et regarde le soleil se lever dans le ciel gris qui touche la Méditerranée. Il aime ces instants où toute la maison dort au-dessus de sa tête. Et quand l'aube est levée et que les premiers clients matinaux font leur apparition, il éprouve la satisfaction orgueilleuse du capitaine ayant encore une fois mené ses passagers à bon port.

Les nuits de grande insomnie, où même l'air frais entrant dans sa chambre monacale ne peut l'endormir, il se lève et s'en va traîner sa silhouette grise dans les hauteurs de la ville. Le sol froid crisse sous ses pas. Il a oublié de prendre son manteau, sa tête est restée à l'hôtel. Il marche le nez au sol, bercé par le frissonnement des arbres, sans un regard pour les citrons topaze endormis dans la brume du petit matin. Le fil des Alpes découpé par l'aube le surprend. Quoi ! Combien d'heures a-t-il passées sur les sentiers ? Ses souliers sont crasseux ; il grimace et se hâte de redescendre vers le port. Arrivé à l'hôtel, il se reboutonne, commande un café et prend son service comme s'il avait dormi dix heures.

Un jour au début du printemps, lors d'une de ses errances hébétées, il se fait surprendre par l'orage. Sans préavis, la nappe de nuages s'ouvre en deux comme une toile fendue et laisse tomber une pluie froide qui vient frapper ses joues avec la force de petits cailloux. En une minute, il est rincé. Il pince son pantalon du bout des doigts et, lorsqu'il le lâche, le tissu vient se coller à sa peau avec un bruit aqueux de ventouse. Il veut se mettre à l'abri sous les citronniers, mais son crâne effleure le sommet des arbustes. La pluie grêle les citrons de petits trous bien ronds. César a les mains enfoncées dans les poches. Ses oreilles rouges battues par l'orage dépassent de son col relevé. Il regarde autour de lui. Il a marché une heure, lui semble-t-il. L'hôtel est loin et il ne sait même pas dans quelle direction se trouve le hameau le plus proche. Un citron, terrassé, se détache de sa branche et atterrit sur le bout de sa chaussure.

Lorsqu'il relève les yeux, le monde est devenu jaune. Un instant, il se demande si l'eau n'a pas dilué l'or des citrons du verger en une vaste aquarelle. Mais non, ce n'est que la toile déployée d'un parapluie qui lui cache la vue. Et dessous, une petite frimousse blanche, avec des cheveux châtains frisant sur le front. Sans rien dire, elle lui tend le parapluie et il s'empare de la canne en bois joliment tourné.

Ensemble, ils redescendent le coteau, de petits ruisseaux de boue se faufilant entre leurs pieds. Il a offert son bras à l'enfant et tient le parapluie ouvert au-dessus de leur tête, vaine tentative pour les protéger de la pluie battante. En dix minutes, ils sont à l'hôtel, alors qu'il se croyait à des kilomètres. Il a dû tourner en rond sans s'en apercevoir. Le portier se précipite pour leur ouvrir la grande porte. Ils n'ont pas fait deux pas dans le hall qu'une femme court à leur rencontre et se met à houspiller l'enfant avec une tendresse maternelle. Ah, la jupe est gâchée ! Et les souliers ! Vraiment Marie-Louise, à quoi pensez-vous ? L'enfant rit, ravie, et regarde son nouvel ami avec un sourire complice. La dame se tourne vers César. Elle fronce le nez. Monsieur ? Il s'incline, se présente, César Ritz, directeur de l'hôtel, cette jeune personne a eu l'obligeance de se porter à mon secours alors que je m'étais laissé surprendre par la pluie. Ritz ? Les yeux de la femme se fixent sur lui. Mais oui, monsieur Ritz ! Ma foi, elle a beaucoup entendu parler de lui. C'est bien naturel. Elle tend la main. Alexandrine Jungblut, propriétaire du Grand Hôtel de Monte-Carlo. Amie du colonel Pfyffer. Si, si, ce cher colonel. Il ne tarit pas d'éloges sur vous. César se rengorge. Ce n'est pas encore aujourd'hui que le péché d'orgueil le laissera en paix.

À partir de ce jour, il trouve la gamine sur son chemin tous les matins. Il se croit seul, il se retourne et elle est là, le sentier déroulé derrière elle. Parfois, ils marchent côte à côte, les cailloux roulent sous leurs souliers. Elle a toujours dans sa poche un petit couteau qu'elle tire parfois pour ouvrir un citron dont elle suce le jus en grimaçant de plaisir. Elle ne parle jamais, sinon pour désigner certains objets qui lui plaisent, chaque fois dans une langue différente. *Hibiskusblüten*, *eagle*, *anemoni*. Elle est polyglotte, Marie-Louise. Lorsqu'elle bute sur un mot, César s'accroupit à côté d'elle et lui souffle la traduction. Elle rit de son accent où roulent les inflexions traînantes et rugueuses du Valais. Il n'est pas linguiste, la musicalité des phrases lui échappe. Il baragouine parce qu'il le faut, pour les clients. Elle aime la rondeur en bouche des voyelles italiennes, les syllabes tranchantes de l'allemand, la langue collée au palais pour sortir les *th* anglais.

L'après-midi, il lui arrive de se percher sur l'accoudoir d'un fauteuil pour prendre le thé avec Alexandrine Jungblut, tandis que Marie-Louise brode sans plus prêter attention à ce grand monsieur à longs favoris qui lui paraît si vieux. Non contente d'être l'amie intime du colonel Pfyffer, Mme Jungblut est aussi parente des Rosnoblet, propriétaires de l'Hôtel des Îles Britanniques. La jeune Marie-Louise est sa nièce, elle-même fille d'un taulier alsacien qui a fait souche à Menton. Parmi ce petit peuple d'hôteliers, César se sent tout à son aise. Il aime la joute que se livrent Mmes Jungblut et Rosnoblet pour l'attirer à elles. Antoinette Rosnoblet tente de lui jeter entre les bras sa fille Louise, tandis qu'Alexandrine, en femme d'affaires avisée, aligne des chiffres d'une voix assurée. César écoute et sourit.

Il a bien d'autres préoccupations. La reine Victoria est descendue dans une villa de Menton, entraînant à sa suite la moitié de la haute société anglaise. Ses cousins le roi et la reine de Saxe ont pris leurs quartiers à l'Hôtel des Îles Britanniques et César a été prévenu de l'arrivée imminente de la reine d'Angleterre. Les employés de l'hôtel sont au bord de l'apoplexie. César leur court après toute la journée avec l'endurance d'un marathonien. Tout doit être parfait : les fleurs, la vaisselle, le tomber des rideaux. La nuit précédant la visite royale, il tambourine à la porte du maître d'hôtel endormi. Il a trouvé des marques de doigts sur un plat de service. Il fait réveiller les commis, leurs joues lisses de poupon encore marquées par le drap, sort tout le service en porcelaine des armoires où lui aussi dormait. La petite armée passe la nuit à frotter, les paupières lourdes, les poignets endoloris.

Enfin, le jour se lève sur le triomphe de César. Le jeune homme sourit d'un air compassé en regardant les dames et les messieurs anglais presser leur front gras sur les carreaux des fenêtres du salon. Puis le carrosse est là et une petite dame replète en descend. Un *God Save the Queen* se propage dans le hall tandis que la reine fait son entrée, suivie par son fidèle John Brown. César s'incline. *Your Highness*. La reine hoche la tête à son intention et il l'escorte dans les étages jusqu'à l'appartement de ses cousins de Saxe. Ce soir-là, la reine repartie, les serveurs penchent dangereusement dans les coins de la salle à manger, tanguant sur leurs jambes fatiguées, mais les dîneurs n'y font pas attention. On ne parle que de Victoria, de sa tenue, de son teint frais, de son carrosse ouvert. Décidément, quel chic, cet Hôtel des Îles Britanniques. César s'en va s'allonger deux heures, content.

L'été suivant, il est de retour à Lucerne, chez le colonel Pfyffer. À cause de la poussière accumulée dans les couloirs pendant les mois d'hiver, il éternue cent fois par jour et passe son temps à se laver les mains. Ses ongles scintillent comme de petits diamants. Manucure de mysophobe. Avec la cagnotte de l'année précédente, César a investi dans des draps fins, de la vaisselle brillante. Il a fait repeindre les murs. Le jour de la réouverture, il se plante devant sa glace. Il a la mine froissée du linge ayant passé la nuit sur la corde secouée par le vent. Trois minutes plus tard, il n'y paraît plus, il boutonne encore une fois sa chemise de directeur général. Il descend dans le grand hall. L'air est saturé du parfum subtil et vanillé des camélias et des amaryllis qu'il a fait venir de Milan à grands frais.

Alors que ses clients passent les mois chauds les pieds dans l'eau, la tête à l'ombre, lui s'agite comme s'il avait le diable au corps. Le colonel Pfyffer ne lui refuse plus rien, César est sa gigolette. Les yeux brillants, le directeur général demande mille bougies pour une illumination, une fanfare, des bateaux. Et pour lui plaire, le colonel met le feu aux montagnes, fait pleuvoir des soieries et des velours. Jamais maîtresse entretenue n'a autant travaillé.

Vers le milieu de l'été, César demande quelques jours de congé et part faire un tour à Paris. C'est l'Exposition universelle de 1878, sa troisième. Il grimpe sur le diadème de la statue de la Liberté qui n'a pas encore de corps. Il contemple le Champ-de-Mars, huit mètres plus bas, en rêvant à Manhattan. Il a vue jusqu'aux Tuileries, au-dessus desquelles le ballon captif de l'ingénieux Henri Giffard plane à cinq cents mètres. Les visiteurs se pressent pour y grimper. Pas César. Ça lui rappelle trop *L'Union*, *La Bataille-de-Paris*, *Le Richard-Wallace* et tous les autres fiascos aériens du siège de Paris.

Il profite de son séjour pour rendre visite à Ehrensberger, le directeur de l'Hôtel Splendide que César a quitté quelques années plus tôt. Le directeur le reconnaît à peine. Le garçon rigide et un peu coincé est devenu un homme d'une grâce certaine, cajolante et envoûtante. Son costume noir lui va comme une seconde peau. Tout en tétant sa bouffarde, Ehrensberger se dit qu'il a là un diamant plus tout à fait brut mais pas encore pur, et qu'il a intérêt à mettre la main dessus avant que d'autres n'en fassent une parure hors de prix. Justement, il a entendu parler d'un hôtel, en Normandie, à Trouville, Les Roches Noires. Il se penche vers César et lui donne du Mon ami. Mon ami, c'est une opportunité à saisir. Pensez, un hôtel presque neuf et des clients comme on les aime : industriels allemands, financiers anglais, milliardaires américains, aristocrates français. Tout ce beau monde qui ne demande qu'à dépenser sans compter par ennui ou orgueil. Mon ami, il me faut un associé. Vous êtes taillé pour le rôle, les aristos et les businessmen vous adorent.

César commence à avoir l'habitude qu'on le caresse

dans le sens du poil. La rançon du succès. Mais il attend toujours le « mais », le « petit-caillou-dans-la-chaussure ». Mon ami, j'ai des fonds, mais pas suffisants. Tiens donc. César lève un sourcil. Voilà qui est nouveau. D'ordinaire, il passe la corbeille mais ne fait pas l'aumône. Son plexus solaire se durcit comme de la pierre. Il est vrai que le colonel Pfyffer se fait vieux. Ses fils sont encore trop jeunes pour reprendre ses affaires. César doit penser à l'avenir. Et puis, il se verrait bien entrepreneur. Avoir son hôtel, accueillir la haute société chez lui. Ehrensberger insiste. Eh bien, mon ami ? César lui fait une réponse de Normand et s'en va réfléchir en battant le pavé. Il ne pense jamais mieux que lorsqu'il marche.

Il fait nuit, dehors, et César découvre les globes de verre du nouvel éclairage électrique, qui brillent comme trente-deux lunes pleines sur l'avenue de l'Opéra. Leur lumière blanche et douce éclaire les arbrisseaux qui remplacent les arbres centenaires abattus pour faire du bois de chauffage, lors du terrible hiver 1870. Sur la place Vendôme, la colonne a repris sa place sur son piédestal. À quelques pas de là, Henri Blondel, le beau-fils de Charles Garnier, celui de l'Opéra, a construit l'Hôtel Continental. On chuchote que jamais un hôtel n'avait atteint un tel luxe. César observe les arches rondes et les balcons droits. Moui. Ça manque un peu de concurrence, tout ça.

De retour de Paris, César s'empresse de faire installer des lampes à gaz dans les chambres du Grand Hôtel de Lucerne pour remplacer les lampes à jet de gaz. Le jeune homme est plus que jamais convaincu que l'histoire de l'hôtellerie moderne ne s'écrira pas sans les inventeurs. Longue vie au bec de Robert Bunsen ! Désormais, le personnel ne désigne plus les clients que par le nombre de lampes de leur chambre. Un client-à-trois-lampes est digne de tous les égards. Quant à celui qui n'a-qu'une-bougie…

La conversation que César a eue avec Ehrensberger, au Splendide, continue à lui trotter dans la tête. Il sent qu'il n'en a pas fini avec Lucerne, on ne jette pas le bébé avec l'eau du bain. Pourtant, il entend l'appel du large, le cri aigu des mouettes de Normandie. Dans deux ans, il aura trente ans, et rien à lui, si ce n'est quelques économies, ça ne casse pas trois pattes à un canard. Il s'en ouvre au colonel. Balivernes ! tempête le vieux soldat. Qu'irait-il faire à Trouville ? Dans Trouville, il y a trou, c'est un signe. Hors de question que César y mette un pied. Cette vie d'errance, pourtant. Ne jamais savoir où l'on sera l'hiver suivant. César voudrait bien poser ses valises de saltimbanque de l'hôtellerie. Qu'à cela ne tienne : Pfyffer lui propose de passer ses hivers à Monte-Carlo, chez sa vieille amie Alexandrine Jungblut. Ainsi, la vie de César sera bien réglée : l'été au Grand Hôtel de Lucerne, l'hiver chez les Jungblut, sur la Côte. Topez là.

Mais l'invitation des Jungblut ne vient pas. Aux premiers jours de froid, César se rabat sur son plan B, l'Hôtel Bellevue, à Enghien-les-Bains. Plan B et même C, D, E. Un bouge obscur avec pour propriétaire un radin qui en remontrerait à Harpagon. L'homme a économisé sur tout : les pieds dépassent des lits trop courts, les draps ont la taille de timbres-poste, même les pots de chambre, disons qu'il faut avoir l'œil agile et la main ferme. On se croirait à Lilliput. Le propriétaire se lamente. Hélas ! mon pauvre argent, mon pauvre argent, mon cher ami ! César ronge son frein en chantant tout bas la rengaine de Frédéric Bérat :

J'ai vu les champs de l'Helvétie
Et ses chalets et ses glaciers,
J'ai vu le ciel de l'Italie,
Et Venise et ses gondoliers.
En saluant chaque patrie,
Je me disais : Aucun séjour
N'est plus beau que ma Normandie

L'été. Retour à Lucerne. Lac, glaciers, mimosas. César, qui veut se rattraper de son hiver morose, lance une soirée dansante hebdomadaire : « Le Cotillon au National ». Messieurs et cavalières bien rangés d'un côté et de l'autre de la salle de bal. Balancé, tour de main, chaîne des dames, avant-deux, dos-à-dos, traversée, rond du galop.

La duchesse de Devonshire donne la main à M. J.P. Morgan, la comtesse de Greffulhe se met au piano. Dans un coin Lady Greville chuchote à l'oreille du prince de Rohan et M. Vanderbilt conte fleurette à la fille de Mme de Fourton. Ces dames qui à Paris ne seraient jamais descendues à l'hôtel sont là comme chez elles. Les robes s'attirent les louanges des journalistes du *Figaro*. On parle du Grand Hôtel à Paris, Genève, Londres. Longtemps, César est allé à la montagne, à présent la montagne vient à lui.

Les jours où il n'y a pas bal, César se transforme en GO. Il met au point des parties sur le lac, des concerts, des veillées près du feu. Pour le comte Trapani, qui adore la chasse, César organise des sorties, chiens, chevaux et fusils, le comte suit en carrosse, il a une jambe raide qui l'empêche de galoper en tête. Ces deux-là s'entendent comme larrons en foire. Le comte est un fameux farceur, il aime jouer des tours que personne n'ose lui rendre. Un jour pourtant, alors que son valet de pied l'aide à atteindre le marchepied du carrosse, un quartet napolitain entonne *Tira mi la gamba* de façon fort opportune. Le comte se fâche tout rouge, avant d'éclater d'un bon gros rire. Comment, il est le dindon de la farce ! Voilà qui est plaisant. D'un geste complice, César disperse les chanteurs. Ah, le comte ne pensait tout de même pas détrôner le roi des bons tours.

César Ritz le chenapan. Il est heureux comme jamais. Il prend un peu de l'insouciance des maîtres qui descendent chez lui. Il s'amuse ! Pour célébrer l'été, il organise une *boating party*. Pendant toute une journée, des dizaines de villageois recrutés au pied levé décorent des bateaux de guirlandes de fleurs. À la nuit tombée, les clients de l'hôtel se réunissent sur la terrasse. L'excitation des nuits chaudes d'été, on chuchote, on lâche de petits cris, on se pousse du coude. On attend que la lune se lève pour descendre jusqu'à la rive. On étouffe des toussotements et des gloussements, mais rien ne vient.

Enfin, un petit commis, un gamin qui n'a même pas l'ombre d'un duvet, s'approche de César. Monsieur le directeur, il n'y a pas de lune ce soir. Comment ? César s'étonne. Si préoccupé par l'organisation qu'il a oublié de jeter un œil au calendrier. Allons, il ne va pas se laisser abattre pour si peu. Les globes de l'éclairage électrique de l'avenue de l'Opéra lui reviennent en mémoire. N'est-il pas le Magicien ? Il ordonne de découper de grandes feuilles de papier qu'on colle pour former une grosse lune de la taille de la roue d'un bateau à aubes, qui est fixée à la proue de la plus grande des embarcations. Des dizaines de lanternes éclairent la lune de papier et César sur la berge, ombre chinoise découpée sur le cercle blanc. Il commande aux éléments.

Voilà la vie heureuse à Lucerne. La vie loin des pâturages du Valais, dans cet intérieur calme, voluptueux qu'il a créé à son image. Que cela ne s'arrête jamais ! Que le temps suspende son vol. Mais déjà, septembre est là et César est repris de l'envie de creuser son propre terrier. Il apprend que le buffet du Jardin d'Acclimatation du bois de Boulogne est à louer. Louer, c'est une première étape. Reculer pour mieux sauter. Et puis, il a quitté Paris depuis suffisamment longtemps pour la regretter. Il sait, au fond, que les stations balnéaires, les villégiatures de montagne, ne sont que l'antichambre de la Grande Hôtellerie.

Il passe l'hiver au milieu des pelouses enneigées du jardin zoologique, près de la magnanerie encerclée de mûriers, d'ailantes et de chênes. Le buffet-café-limonadier attire les visiteurs désireux de finir tranquillement leur journée. Dans le jardin, la cicatrice laissée par les tranchées de la Commune a disparu. Les animaux n'ont plus rien à craindre des Parisiens affamés. Les enfants font des promenades à dos de zèbre et d'autruche, saluent la foule des parents depuis les banquettes du petit train tiré par deux poneys. C'est une parenthèse, puis César rejoint ses pénates à Lucerne pour le nouvel été qui s'annonce. Et pour la grande bataille.

Les Roches Noires

Les Roches Noires offre à la mer ses murs blanc crème et vieux rose, ses toits d'ardoise, ses centaines de fenêtres et ses colonnes corinthiennes. C'est un après-midi ensoleillé et venteux. Debout sur la promenade étendue au pied de l'hôtel, César respire à pleins poumons l'air chargé d'embruns. En contrebas, les falaises argilo-calcaires glissent dans la mer avec un fracas de tonnerre. Les enfants à longues épuisettes se penchent autour des mares creusées par les mouvements de terrain, entre les vagues et l'à-pic, et colonisées par les tritons, salamandres et autres amphibiens. Les toilettes multicolores des dames éclosent sur le sable gris.

Enfin, César est chez lui. Bien sûr, le colonel n'a pas apprécié. Il faut dire que son directeur général s'est fait la malle en douce avant la fin de la saison, laissant le Grand Hôtel entre les mains du manager. La Normandie, c'est maintenant ou jamais, a affirmé Ehrensberger, et César a dit oui. Il a trente ans cette année. C'est le temps des Grandes Questions. Il a trouvé sa voie mais il est temps de passer à la vitesse supérieure.

Toutes ses économies y sont passées. Ehrensberger se charge de la gestion, César de la partie restauration. Ici, le jeune homme n'a pas de chef susceptible pour lui mettre des bâtons dans les roues. Il s'en donne à cœur joie. Tous les matins, accompagné du maître d'hôtel et d'un commis tiré de son lit, il court le marché. Il goûte, marchande, s'emplit les yeux et le nez des produits étalés devant lui, l'or du beurre d'Isigny, la rouille de la soupe de poisson, l'acide du calvados, le gras des rillettes de hâ, le caramel de la confiture de lait. Les vendeuses entabliées chuchotent qu'il fait bien plaisir à voir. Elles le câlinent, lui offrent des douceurs, goûtez donc, monsieur, mes moules au pommeau, ma raie aux bulots, mon canard à l'andouille de Vire. Elles savent que les produits qu'il distingue se retrouvent à la table des Roches Noires.

La cuisine de l'hôtel devient un laboratoire. César a repris sa place derrière les fourneaux. Il a des restes du collège jésuite de Brigue. La main se souvient toujours du maniement de la casserole. Il fait sa tambouille. Un panier de petits merlans, soles, turbots, raies devient la « friture trouvillaise ». Le baron Adolphe de Rothschild, de passage aux Roches, en demande immédiatement la recette pour son chef à Paris. Puis les crevettes roses au paprika font leur entrée sur la carte, suivies de moules, tartes normandes et sorbets. César aime quand c'est simple et bon. La bonne cuisine n'a pas besoin de mille artifices. Les clients en redemandent, le chef, Jean Giroix, ne se fait pas prier pour exécuter les caprices de Ritz. C'est un vrai bonheur.

Ah, les petits matins, les lèvres craquelées par l'iode. Existe-t-il plus beaux réveils que ces aubes normandes ? César apprend l'extase des pieds dans l'eau, lorsque la plage encore déserte de ses chasseurs de moules ne s'offre qu'à lui seul, les vagues chevauchées d'écume blanche. Une mouette crie et se tait. Parfois, un promeneur matinal, sous son parapluie gris, et il pense à Marie-Louise, aux courses dans les collines et aux citrons de Menton. Le vent emporte la raie bien nette de ses cheveux, et César s'en moque.

Mais on ne vit pas d'amour et d'eau fraîche. Les mondains ont beau venir musarder sur la promenade et s'encanailler lors de la Grande Semaine hippique, Ehrensberger est un piètre gestionnaire. L'hiver 1881 est bien long. Les Roches Noires disparaissent sous un grand manteau blanc. Les goélands lèvent haut leurs pattes roses pour se dépêtrer de la neige molle. César fait une débauche de cous farcis et de foie gras, mais cela n'empêche pas que ces messieurs-dames n'ont guère envie de venir se geler à Trouville. Pour se consoler, il se bourre de sablés et de berlingots de Falaise préparés par le chef Giroix. Pour la première fois, il est obligé de faire un trou dans sa ceinture pour l'agrandir.

Lorsque le printemps arrive enfin, que les falaises,

emportées par les ruisseaux du dégel, recommencent à s'effondrer sur la plage avec un fracas de grosse caisse, César en a sa claque et n'a plus un rond. C'est bien joli, la Normandie. On est tranquille, peinard, mais il a trente ans et trop d'ambition pour jouer à l'ermite six mois dans l'année. Il regrette son Cotillon, ses soirées dignes de Versailles, ses aristos oisifs et dispendieux. Il a des sueurs en pensant à ce bon vieux colonel qu'il a mis au panier comme une vieille chaussette. Il passe son temps à se frotter les mains, brosse, savon, mousse, eau chaude, nerveusement. Il se sent sale de cette bêtise des Roches Noires, les remords lui collent aux doigts. Ce n'est que lorsque l'extrémité de ses mains est à vif, quand l'eau qui s'écoule par la bonde de la cuvette d'émail vire au rouge, qu'il se décide à écrire à Pfyffer.

Mea culpa, mea maxima culpa. Combien de fois répété au confessionnal, mais pour la première fois sincère ? Il met son cœur sur le papier. Ô colonel ! Mon colonel ! Il implore le pardon, avoue son erreur. Lui qui n'a pas l'habitude des débordements laisse les digues céder. Comment a-t-il pu se laisser attirer par les sirènes de la Normandie en faisant fi de ses engagements, de son professionnalisme, de son amitié pour ce grand moustachu bourru qui lui a apporté la gloire sur un plateau ? La lettre part, et César reste une semaine à se tourner les sangs. Puis enfin, une réponse : *Te absolvo*. Le fils prodigue était perdu et il est retrouvé.

Intermède culinaire

Crevettes roses au paprika

« Faites fondre sans roussir 50 grammes de beurre, trois grandes cuillères à thé d'oignons émincés. Ajoutez une cuillère à café de paprika. Remuez avec une cuiller en bois jusqu'à ce que le mélange soit bien lisse. Ajoutez 500 grammes de crevettes bouquet bouillies et pelées. Mélangez bien, puis ajoutez environ une tasse et demie de sauce béchamel (sauce blanche assaisonnée de sel, poivre, un soupçon de cannelle et de clou de girofle, un bouquet de thym, de laurier et de persil). Servez dans une casserole de porcelaine et passez en même temps un plat de riz préparé pour le riz au curry. »

Guide culinaire, Auguste Escoffier

Parce que c'étaient eux

César finit la saison d'hiver 1881 à Monte-Carlo, chez les Jungblut. Il y débarque avec le chef Giroix, qu'il a débauché des Roches Noires. Il en est définitivement convaincu : pas de grand hôtel sans un grand chef dans les cuisines.

À Monte-Carlo, César retrouve ses riches bling-bling venus claquer leur héritage au casino et se prélasser dans les boulingrins pleins de majesté, vue sur la mer, jets d'eau et palmiers. Il renoue aussi avec la petite Marie-Louise. Grâce maigre et pâle des enfants trop vite grandies, ses robes fleuretant avec ses chevilles, les cernes des premières insomnies. Un peu plus silencieuse, mais le suivant toujours comme une ombre dans ses promenades matinales. Sa tante Alexandrine lui a fait tailler des costumes de tennis chez Worth à Paris, qui lui donnent des airs de Popeye, avec leurs manches ballon. Habillée comme une femme, elle descend l'après-midi faire des châteaux de sable sur la plage grise.

L'hiver file, puis César retourne à Lucerne, où Pfyffer

l'accueille avec un sourire derrière sa moustache. Les fêtes s'enchaînent, puis c'est de nouveau Monte-Carlo.

Les années passent, la mise en faillite de l'Union générale et la crise financière de 1882 sèment la pagaille. Des clients fortunés se retrouvent ruinés du jour au lendemain et ne peuvent plus payer leur séjour à l'hôtel. Ils mettent les voiles dans la nuit, abandonnant bagages, domestiques et dettes.

Puis, en 1884, le choléra débarque à Toulon et, puisqu'il a supporté le long voyage en mer depuis Saigon, décide de se payer une petite visite touristique de la côte : Marseille, Cannes, Nice, Monte-Carlo. Les hôtels du bord de mer se vident. Les riches détestent avoir sous les yeux le rappel de leur mortalité. Ils s'empressent d'aller oublier ailleurs qu'un jour, eux aussi, y passeront. César se terre dans son hôtel, fuyant le monde, passant ses journées à jeter des coups d'œil derrière lui histoire de vérifier qu'un importun n'aurait pas eu l'idée de passer l'arme à gauche dans le hall de son établissement. Chaque matin, il passe une heure devant sa cuvette, à se récurer de la tête aux pieds. *Shrik shrik shrik*, la brosse laisse sa peau à vif, ça le démange, il se croit atteint, il recommence à frotter. La nuit, il n'a même plus ses trois heures de sommeil. Allongé, raide comme un piquet, il n'ose même plus respirer, par peur de signaler sa position à la Faucheuse.

Cette même année, le chef Giroix lui annonce sa décision de le quitter pour rejoindre l'Hôtel de Paris, l'autre grand établissement de Monte-Carlo, qui vient de lui faire une offre si scandaleuse qu'il ne peut la refuser. Il recommande à César d'embaucher pour le remplacer un jeune chef qu'il a connu dans les cuisines du cabaret mondain Le Petit Moulin Rouge, un petit malin qui a pris l'habitude de donner à ses plats les noms de ses célèbres convives. Il compte ainsi à sa carte la « salade Eugénie », la « coupe Blanche d'Antigny », les « fraises Sarah Bernhardt » et le « suprême de poulet George Sand ». César fait mander le chef. Et c'est ainsi que l'amour entre dans sa vie.

Il y a des amours qui vont au Panthéon main dans la main et dont on parle longtemps après que les protagonistes sont enfuis. Des amours qui unissent deux êtres, à la vie à la mort, qui font dire « Parce que c'était lui, parce que c'était moi ». Pierre et Marie Curie, Bonnie et Clyde, Hemingway et Fitzgerald, Berger et Saint-Laurent. Associés, *partners in crime*, camarades, alter ego. Certains cherchent leur moitié toute leur vie. D'autres sont assez chanceux pour la croiser et la reconnaître. Le jour où César Ritz rencontre Auguste Escoffier, c'est le point de confluence. La bande de terre séparant leurs deux vies s'amenuise, rétrécit, devient une pointe qui vient se fondre dans le courant du fleuve qui les réunit. On pourrait faire d'eux un mot-valise : Ritzcoffier, Escoritz.

César n'a pas eu de grand ami jusque-là. Des figures paternelles, ça oui : le recteur du collège de Brigue, Bellenger, Pfyffer. Il a eu des camarades de misère, des commis, des serveurs. Il a aimé bien des femmes. La mollesse aristocratique de leur corps, leur sens de l'esthétique, leurs caprices – chaque jour nouveaux. Il les a adorées comme des déesses, caressées comme des sculptures, flattées comme des bichons. Il est passé de l'une à l'autre, collectionneur éclairé, les rangeant dans son cabinet de curiosités bien ordonné et sans passion, par tailles, par couleurs, ou selon leur éclat. Mais Auguste, César, deux empereurs se jugent, se jaugent et se reconnaissent égaux. Chacun son pays, hôtelier, cuisinier, au sein d'un même empire.

Les deux compères ne se quittent plus. L'été à Lucerne, l'hiver à Monte-Carlo. Ils éliminent définitivement tout le superflu : dans les chambres, les ornements et les froufrous, dans les cuisines, les garnitures décoratives, les sauces de dix heures. Les plats cessent de ressembler à des chefs-d'œuvre taxidermistes, avec tête pattes plumes. Tandis que César se pique d'hygiène, Auguste chante les louanges de la diététique – il milite en faveur de repas plus courts, moins gras, remplace la farine des sauces par des fonds et des glaces de viande. Et pendant qu'Escoffier forme ses brigades, leur met dans la tête du scientifique plutôt que du romantique, Ritz codifie leurs tenues pour les siècles à venir, cravate et tablier blanc pour le serveur, cravate noire pour le maître d'hôtel. Ils ont aussi en commun cet amour des femmes, l'un qui choisit ses abat-jour pour flatter leur teint, l'autre qui les met au centre de toutes ses créations, Isabelle, Solange, Georgette, Alice, Ève, Hélène, passant à la postérité dans ses assiettes.

Ensemble, ils étendent leur emprise sur le monde, Ritzcoffier, Escoritz. De jeunes cuistots viennent supplier Escoffier de les prendre dans sa brigade. Ritz devient un modèle, il lance des modes, les favoris, la redingote. La clientèle ne vient plus pour l'hôtel mais pour eux. Savez-vous où Ritz et Escoffier seront l'an prochain ? On ne descend plus au Grand Hôtel mais *Chez Ritz*. Pour faire plaisir à ces convives racés, Escoffier tourne sans cesse sa cuillère dans son chaudron magique pour en sortir une timbale de sole Grimaldi, une poularde Grand-Hôtel, des plats italiens pour satisfaire les palais des Milanais en villégiature à Lucerne.

Apparaissent au menu des mets « à l'alsacienne » et « à la strasbourgeoise ». Marie-Louise, la petite Mimi, sa petite Alsacienne du Sud, comme l'appelle César, quitte son pensionnat de Nice pour venir s'installer dans l'hôtel de ses parents à Monte-Carlo. Elle a seize ans, des cheveux châtains qu'elle détache parfois. Envie de s'amuser avec la bande, les frères Pfyffer, Hans et Alphonse, sa cousine Louise. Elle organise des pique-niques au Cap-d'Ail ou à La Turbie, dans de petites criques sauvages où les adolescents, comme tous les adolescents, refont le monde. César les écoute avec un sourire indulgent. Ils ont faim, ils ont soif, ils veulent leur place coûte que coûte. Comme il les comprend ! Hans Pfyffer a laissé tomber ses études de banquier pour aller s'initier au vin, à Bordeaux, chez Schroeder et Constant. Ils sont assis sur l'herbe séchée par le soleil de mars, Mimi ôte son chapeau chahuté par le vent, un grand chapeau brun avec des rubans verts, bruns et bleus. Tiens, la même couleur que vos yeux, fait remarquer César. Une moue – mes yeux sont caca d'oie. Les jeunes rient, mais César plus sérieux que le pape : Dans ce cas, c'est la couleur que je préfère. Elle rit aussi, un peu gênée, les joues roses. Elle se moque, allons, que veut-il donc, le vieux directeur ? Elle a seize ans, et lui le double ! Mais César, comme toujours, sait ce qu'il veut. Il fait sa cour, l'hiver à Monte-Carlo, l'été à Lucerne, où il convainc la mère et la tante de Marie-Louise de venir passer la belle saison.

Au fond, ces deux-là sont faits pour s'entendre. Elle, fille et petite-fille d'hôtelier, née parmi les draps blancs de la buanderie, bercée dès son plus jeune âge par le tintement de la caisse. Elle aime ça, le luxe, les chambres, les longues façades aux cent fenêtres. Elle a l'esprit pratique, le don des langues, le charme de la jeunesse, l'élégance du sang. Elle respire hôtellerie, pense hôtellerie, vit hôtellerie. Et lui. Parfait pour elle si ce n'est qu'il est l'employé de sa tante Jungblut. On n'épouse pas un employé.

Le grand tremblement

Et puis c'est 1887 et la terre tremble. Ce 23 février, à Monte-Carlo, il est six heures moins le quart. César ne dort pas. Assis à son bureau, il dresse l'emploi du temps du jour. Il connaît par cœur la liste des invités de marque qui séjournent chez lui. Il prévoit déjà les petites attentions qu'il va lui falloir déployer tout au long de la journée et les note dans son petit carnet : du beurre fouetté pour le comte R., des tulipes roses dans la chambre de Mme M., des cigares Sancho Panza pour Lord Z. Il ne cite jamais aucun nom. Discrétion avant tout.

Il a laissé la fenêtre de sa chambre entrouverte, les bruits du dehors, le ressac, le chant des oiseaux, le bruissement des arbres, lui parviennent sans qu'il y prête attention. Ce qui le tire de sa concentration, c'est le silence. D'un coup, plus un son, les mouettes se sont tues, César entend nettement le claquement des vagues sur les rochers de la plage. Puis une explosion – qui lui rappelle les canons aux portes de Paris, lors du siège de

1870 – suivie d'un craquement qui s'étire, répercuté par les collines.

César a interrompu son écriture. Il y a un instant de flottement après le craquement, avant que tous les oiseaux du pays s'envolent en un seul mouvement, ça croasse, ça roucoule, ça craille, ça zinzinule. L'air est rempli du battement de milliers d'ailes. Vient un grincement, comme la coque d'un vieux paquebot gémissant sous la pression de l'eau. Sous ses mains, César sent son bureau frémir, mais si faiblement qu'il se demande si ce n'est pas lui qui est pris de tremblote. Et plus rien. César se lève pour ouvrir la porte de sa chambre. Il tend l'oreille. L'hôtel dort encore. Pas de claquements de portes ou de cris de surprise. Dans le couloir, personne à part une petite femme de chambre, une pile de draps dans les bras, les yeux écarquillés. Vous avez senti ? demande Ritz. Elle hoche la tête, plus impressionnée par le directeur que par l'événement qui vient de se produire. Qu'est-ce que c'était, monsieur ? il hausse les épaules.

Dans les étages, tout est calme, il ne croise que quelques valets chuchotant qui se taisent dès qu'ils aperçoivent monsieur le directeur. Dans les cuisines, César retrouve Escoffier donnant des ordres à sa brigade dissipée. Vous avez senti ? répète Ritz. Auguste finit d'aboyer après ses commis avant de se tourner vers lui. Ça, pour sentir, on l'a senti. Qu'est-ce que vous croyez que c'... César n'a pas le temps de finir sa phrase.

Dans la cuisine, les casseroles en cuivre se mettent à s'entrechoquer comme des gongs tibétains. L'eau mise à chauffer sur le feu s'échappe des marmites en petites vaguelettes bouillantes. César se retrouve brusquement tiré en arrière et se rattrape de justesse à la cuisinière. Nom de Dieu de nom de Dieu, souffle Auguste. Des deux mains, il tente de retenir les louches et les couverts qui, épris d'une soudaine liberté, valdinguent en tous sens. Quelques commis se sont jetés au sol. L'un d'eux a le nez dans les blancs d'œufs qu'il était occupé à fouetter pour les omelettes du petit déjeuner.

La secousse dure bien trente secondes, après quoi le monde cesse de ressembler à une essoreuse géante et les murs retrouvent leur place. César a les oreilles qui bourdonnent. Escoffier est le premier à retrouver ses esprits. Alfred ! Ôtez donc votre pif de mes œufs, et que ça saute ! Le commis bondit sur ses pieds, les cheveux dégoulinant de blanc d'œuf. Oui, chef ! En une minute, chacun est retourné à sa tâche. Escoffier arpente la cuisine en donnant de grands coups de torchon dans l'air. Activez-vous ! Avec ce bazar, les clients vont être réveillés et vouloir leur petit déjeuner. Il jette un coup d'œil à César, qui n'a toujours pas bougé. Vous devriez peut-être aller voir comment ça se passe, là-haut. César cligne des yeux, regarde autour de lui. Il se racle la gorge, Bien sûr, bien sûr. Il lisse le devant de son costume, s'assure que le nœud de sa cravate est toujours bien serré et se précipite au rez-de-chaussée.

C'est la débandade. Des femmes en tenue de nuit traversent le hall en hurlant, serrant contre leur poitrine des bijoux, des portefeuilles, des valeurs arrachées aux malles malgré leur frayeur. Derrière elles, leurs maris les suivent, à peine moins pressés. Le concierge tente de contenir la panique, mais il n'en mène pas large, lui-même effaré. Les clients tournent en rond sans savoir où donner de la tête, mouches prises au piège dans un bocal. Il y a des exclamations effrayées. Tout croule ! C'est la fin du monde ! Le vieux baron X., pas catho pour un sou, prie au milieu du hall, les deux genoux qui lui servent habituellement de reposoir à friponnes sur le dallage en marbre. César hausse la voix. Par ici ! Attrapant un chasseur au passage, il fait ouvrir grand les battants de la porte d'entrée. Subitement aiguillonnée, la foule se précipite au-dehors. Les vieux messieurs poussent les dames pour arriver les premiers. Une lady lâche son bichon chéri pour retrousser son jupon et courir plus vite. César suit le mouvement. Il crie des ordres à son personnel qui s'efforce de calmer les clients.

Le soleil n'est pas encore levé. Le froid de la nuit prend les fuyards par surprise. Les hurlements se changent en chuchotements. Les hommes retrouvent leur galanterie et jettent leur robe de chambre sur les épaules des femmes. Trois mots commencent à ressortir des conversations. Tremblement de terre ! Au loin, on entend les aboiements des chiens qui hurlent à la mort. Quelques hommes fanfaronnent : moi, je n'avais pas peur, je vous suivais simplement pour vous protéger. On papote, on échange ses impressions. Moi, je dormais je lisais dans mon lit je parlais à la bonne.

Des petits groupes frigorifiés se dirigent vers l'hôtel, lorsque la terre se remet à trembler. Cette fois, tous perdent la tête. MarieJosephPetitJésusayezpitiédemoi. César voit Escoffier, à la tête de sa brigade, se précipiter hors de l'hôtel, une casserole renversée sur la tête, et courir vers lui. Le chef l'empoigne par une manche et lui hurle à l'oreille. Tout craque ! Les murs, les sols ! L'hôtel va y passer ! Le directeur ne répond pas, ses mâchoires s'entrechoquent. Ça dure à peine le temps de compter jusqu'à dix. Et tout redevient étrangement silencieux. Pendant cinq secondes, il ne se passe rien. Puis les enfants se mettent à hurler, les femmes éclatent en sanglots. César lui-même est obligé de s'asseoir dans l'herbe, ses jambes n'ont pas encore compris qu'elles pouvaient cesser leurs castagnettes. Escoffier pose sa casserole par terre et s'assoit dessus en épongeant son front avec son tablier.

Plus personne ne veut rentrer. Il paraît que ça va recommencer. La rumeur enfle, il y a des crises, un homme gifle sa fille prise d'hystérie. Une heure passe, puis encore une autre. Le soleil a fait son apparition. La tension est un peu tombée, mais les clients n'en démordent pas : ils ne bougeront pas. César rassemble son personnel et regagne l'hôtel. Dans le hall, des meubles ont versé et des miroirs ont dégringolé des murs. Des fleurs échappées de leur vase brisé flottent au milieu de flaques d'eau. Enfin, les murs sont debout, les plafonds tiennent toujours. Il faudra inspecter les étages mais pour le moment il ne semble pas y avoir de danger. Il envoie une équipe au salon récupérer des chaises pour faire asseoir les clients, et une autre à la buanderie prendre des couvertures. En passant devant la cuisine, il entend Escoffier qui a remis ses gars à la manœuvre. Dans quelques minutes, il pourra proposer du thé, du pain, des confitures.

Monte-Carlo se transforme en cour des miracles. Les malades et les vieux sont transportés hors des maisons sur des matelas que l'on dépose à même le sol. Des tables ont été installées sur des terrains vagues, sur la place du Casino et dans le jardin de l'Hôtel Beau Séjour.

Devant le Grand Hôtel, c'est Versailles un jour de pique-nique. Les dames dégustent des petits fours assises dans des fauteuils Louis XVI, abritées sous leurs ombrelles. La moitié des clients a déjà quitté l'hôtel. Hors de question de rester là à attendre l'Apocalypse. Les voitures et les omnibus de la ville sont pleins à craquer. Il y a une queue de trois heures au bureau du télégraphe. Les premières nouvelles commencent à arriver. Cannes, Nice, Grasse et surtout Menton sont touchés. Il y a des morts. À Monte-Carlo, pas de quoi se plaindre : des murs fissurés, quelques cheminées et des balcons abattus. César regarde avec inquiétude le toit de l'hôtel, qui semble avoir assez mal résisté au séisme.

Chacun commence à se demander où il va passer la nuit. Certains se réfugient sur les bateaux, dans le port. Le baron de Rothschild a loué un wagon-lit des PLM et y a fait installer toutes ses petites affaires. Le gouvernement monégasque a fait dresser des tentes pour abriter ceux qui ne savent pas où aller. La place du Palais, la place d'Armes, la rue Louis se couvrent de baraques improvisées. Le propriétaire de l'Hôtel d'Angleterre, jamais à court d'idées, a fait construire en quelques heures une tente pour héberger ses clients. César essaye de convaincre ses hôtes de regagner leurs chambres, sans grand succès.

C'est la fin d'une ère. En une semaine, les hôtels de la Côte sont vides. La toiture du Grand Hôtel de Monte-Carlo est très abîmée. Les Jungblut n'ont pas le courage de se lancer dans de grands travaux. Ils n'ont plus l'énergie de la jeunesse. Autant vendre et laisser à d'autres le soin de retaper le bâtiment.

Pour César, c'est l'occasion ou jamais. Il donne son congé aux Jungblut, demande Marie-Louise en mariage. Il ne veut plus être le second, l'employé, il veut être seul maître à bord. Après Dieu s'il le faut, unique hiérarchie acceptable. C'est une nouvelle vie, de nouvelles racines que lui offre Marie-Louise. Avec elle, fini le petit paysan du Valais ; il entre dans la grande famille de l'hôtellerie. La mariée apporte dans sa corbeille des parents, des oncles et des tantes, des cousins, des aïeux poussés au milieu du luxe des chambres à louer. Toute une généalogie pour légitimer son ambition.

Marie-Louise, blanche ingénue, insiste pourtant pour que César invite la branche des Ritz. Pour elle, la famille, c'est sacré. Mais les parents, Anton et Kreszentia, sont morts. Reste la multitude des frères et sœurs, les vachers, les petits fermiers, les obscurs descendants de la vallée de Conches. César les imagine, gauches, la marmaille grouillante dans ses frusques râpées, sur les marches de la petite église surplombant les toits orange de la baie de Cannes. Il frissonne, mais un gentleman ne peut rien refuser à sa fiancée. Piégé par son personnage. Il finit par inviter Josef, son aîné de douze ans. L'homme est député au Grand Conseil de Rarogne-Est, l'un des treize districts du canton du Valais. Sans doute, il saura se tenir. Il arrive le matin du mariage, dans son habit de député froissé par le train. Il ressemble au père, les mains rouges, le chapelet près du cœur, des syllabes rocailleuses tombant de la bouche. César le salue de la tête sans lui serrer la main.

La mariée fait son entrée dans l'église. Longue robe blanche sur la *Marche nuptiale* de Mendelssohn. César a le cœur qui palpite. Il songe à tous ses futurs hôtels, qui s'avancent vers lui avec un sourire radieux. Elle passe au milieu des serveurs et des concierges, des cuisiniers et des femmes de chambre, endimanchés pour la noce. Au premier rang, la tante Alexandrine essuie quelques larmes bienséantes. Sa nièce sera heureuse, le marié a tout pour réussir. Le colonel Pfyffer lui tapote la main, sa moustache tremble de l'émotion des pères qui marient leurs fils. Il a définitivement perdu le gamin. Heureusement, il lui reste son Hans, qui reprendra la gestion du Grand Hôtel National de Lucerne dès la prochaine saison.

César regarde Marie-Louise avancer au bras de son père. Elle a tordu ses longs cheveux frisés en un lourd chignon. Elle est touchante, avec ses grands yeux jaunasses d'amoureuse. Il y en a eu beaucoup d'autres avant elle ; il y en aura d'autres après, César le sait. À vendre des lits, on finit par coucher dedans en bonne compagnie. Mais il a une tendresse particulière pour celle-ci, qui lui ouvre les portes d'un nouveau monde. L'*Ave Maria* de Gounod retentit sous les arches gothiques Vous êtes bénie entre toutes les femmes. Oh oui, comme il la bénit cette petite fille apparue au milieu des citronniers sous un ciel d'orage. Devant l'autel en bois, ils échangent leurs vœux et songent à leur avenir. Elle souhaite des enfants, il rêve à ses établissements. Il vient d'acheter le Restaurant de la Conversation à Baden-Baden, et l'Hôtel de Provence, à Cannes. À genoux sur le prie-dieu, il dresse la liste du personnel à embaucher.

Au moment de passer l'anneau au doigt de la jeune fille, César glisse un œil vers Escoffier. Le grand Auguste lève le menton. Il approuve ces unions solides sans romantisme. Lui-même a épousé sa femme Delphine parce qu'il faut bien passer par là lorsqu'on veut être un homme respectable. Marie-Louise a la tête sur les épaules, elle saura seconder Ritz dans sa quête des étoiles. César a la bénédiction qu'il voulait, il lève le voile. Chaste baiser sur la joue et la cérémonie s'achève. Les mariés sortent sur le parvis sous le ciel blanc de janvier. La messe est dite.

À Baden-Baden et à Cannes, César est enfin dans ses meubles. Toute la bonne société s'empresse de le suivre. L'empereur Guillaume dîne chez lui à la Conversation, le prince de Galles descend au Provence pour Pâques. César refuse du monde. Pour contenter ses riches curistes, à Baden, il achète l'Hôtel Minerva, qui jouxte le Conversation et se lance dans une campagne de pub à faire pâlir Séguéla. Hôtel Minerva. Baden-Baden. Ouverture le 1er mai 1889. Construction & Installations modernes. Situation splendide. G^{de} allée de Lichtenhal. Grand jardin avec restaurant. 110 chambres & salons. 80 balcons + ascenseur hyd^{lique}. C. Ritz. C'est la ruée.

César continue d'organiser des soirées toutes plus folles les unes que les autres. Pour le prince Radziwill, l'écuyer de l'empereur allemand, il transforme son hôtel en jungle, fougères, orchidées, gazon, poissons exotiques. Richard D'Oyly Carte, célèbre imprésario londonien, assiste à la soirée. Il se dit que s'il ne met pas Ritz dans sa poche, un autre plus malin le fera. Justement, il est en train de faire construire un hôtel à Londres et cherche un homme de poigne pour le diriger. L'Hôtel Savoy, ça s'appellera. Il en touche deux mots à Ritz qui n'est pas plus emballé que cela. Il vient juste de lancer ses deux hôtels, et il n'est pas prêt à lâcher son rêve pour aller s'installer chez les « rosbifs ». Et puis l'Angleterre, ce n'est pas vraiment la terre promise de l'hôtellerie : repos obligatoire le dimanche, vins hors de prix, clientèle qui préfère se retrouver au club qu'au restaurant. Mais Carte n'a pas l'air de saisir la définition du mot « non ». Il convainc César de passer quelques jours à Londres pour l'ouverture de son hôtel. « Pour jeter un coup d'œil », « faire quelques suggestions », « se montrer ». Un job de consultant-faire-valoir grassement payé.

César se rend donc à Londres. Le Savoy, c'est quelque chose. Imaginez un peu : deux cent soixante-huit chambres grand luxe, des salles de bains privées avec eau chaude s'il vous plaît, deux ascenseurs électriques Otis, des *speaking tubes* à chaque étage pour communiquer avec le *room service* et – grande première mondiale – un éclairage cent pour cent électrique, de jour comme de nuit. César est épaté. Le voici, le grand hôtel moderne dont il rêve. Pas étonnant qu'un homme de théâtre comme Carte, qui maîtrise l'éclairage, la machinerie, les effets, ait créé ce décor dans lequel la magie opère sans que le client s'en rende compte. Il y a là les plus grandes fortunes d'Inde et d'Afrique, les magnats américains les plus puissants, la haute société européenne. Les oreilles de César bourdonnent de mille accents.

Mais l'hôtelier ne s'en laisse pas conter. Il connaît la petite mécanique derrière le grand show, il voit le frottement des rouages, les grains de sable dans la machine, la cuisine – tout juste passable, les gouvernantes – désorganisées –, la direction – qui dépense sans intelligence. Le décorum ne fait pas le succès. César donne un an au Savoy avant de mettre la clé sous la porte.

Au bout de six mois, l'hôtel a atteint un déficit de treize mille livres et Carte s'arrache les cheveux. Il faut un sauveur. Le *board* se réunit et décide d'embaucher Ritz à n'importe quel prix, c'est le Sénat offrant les pleins pouvoirs à Jules. César ne veut pas grand-chose, un mi-temps pour continuer à s'occuper de ses affaires à Cannes et à Baden-Baden, et Escoffier dans ses cuisines. C'est une affaire conclue.

Le conquérant

Pendant huit ans, Ritz conquiert le monde. Au début, ce n'est pas gagné. Le Savoy, ce n'est pas la Croisette : aucun tapis rouge déployé pour son arrivée. Pour pouvoir l'embaucher, le conseil d'administration a dû licencier tous les directeurs engagés pour l'ouverture. Les représailles ne se sont pas fait attendre.

Dans les cuisines, à l'arrivée de Ritz et d'Escoffier, tout est renversé : farine, sucre, pois et lentilles ; les queues des casseroles sont en berne. Les employés font de la résistance. Partout, des barricades, entassement de sacs éventrés, gazinière ventre à l'air, cocottes cabossées. Escoffier s'arrache les cheveux. C'est dimanche, pas un magasin ouvert, le service est dans trois heures. César *aka* le Magicien sort sa baguette magique : son carnet d'adresses. À la lettre P, il y a Louis Peyre, le Français qui dirige les cuisines de l'Hôtel Charing Cross. Londres regorge de Français qui tentent de faire mentir le mot de Claudel devant la cuisine anglaise : « Soit ! » Entre compatriotes, il faut bien s'entraider.

Peyre vide ses placards pour sauver Escoffier. Le chef a tôt fait de remettre ses équipes dans le droit chemin et les cuisines du Savoy fonctionnent bientôt à la baguette.

Au Bristol, au Grand de Trafalgar Square, dans tous les grands hôtels conservateurs de Londres, on prédit à César la défaite d'Alexandre devant l'Hyphase. Jamais les Londoniens n'accepteront de le suivre plus loin ; César n'étendra pas son empire davantage. L'Inde, ce n'est pas la Macédoine, Londres n'est pas Monte-Carlo ou Nice. C'est oublier que dans les veines de César coule le sang d'un cow-boy helvète : il fait tourner la boucle de son lasso, pousse des *yeehaw*, soulève le haut-de-forme qui lui sert de stetson et voilà toute la *gentry* londonienne bien gentiment parquée au Savoy. La Grande Transhumance a débuté. La haute société quitte son *home sweet home* pour les salons chic du nouveau grand hôtel. Même le prince de Galles et sa poule délaissent Marlborough House pour le nouveau fief de Ritz. *Where Ritz goes, we shall follow !* tonne l'altesse royale. Dès l'année suivant son arrivée à Londres, les finances du Savoy sont à l'équilibre et les vieilles pythies sont obligées de manger leur chapeau. De l'étranger, on envoie des lettres lacunaires *To the manager of the Greatest Hotel in London*. Et la poste londonienne de suggérer : *Try Savoy Hotel.*

Comme il ne se contente jamais de ce qu'il a, César décide de secouer un peu la société anglaise. Il faut dire que ça ne l'arrange pas, ce satané repos dominical qui empêche l'hôtel de tourner sept jours sur sept. Il part en campagne et convainc le Parlement d'autoriser l'ouverture des restaurants le dimanche et de retarder leur fermeture de vingt-trois heures à minuit et demi, histoire d'attirer dans ses filets les mondains sortant de l'Opéra. Et comme il trouve le pain des « rosbifs » peu à son goût, il obtient de fabriquer sa propre viennoiserie le samedi.

Escoffier de son côté refuse de plier devant les Anglais. Ses menus seront en français, il y tient. Tant pis si les clients n'y comprennent goutte. Ou plutôt, tant mieux : ils s'en remettent au chef pour choisir à leur place. Se rendre indispensable pour mieux régner. Escoffier crée le menu à prix fixe : le client donne son nom, le nombre de couverts, l'heure du dîner et, en cuisine, Escoffier lâche la bride à son imagination. Il parvient même à faire manger des cuisses de grenouilles à ces satanés *British* en les rebaptisant avec espièglerie Cuisses de Nymphes à l'Aurore. La France avant tout ! Escoffier, précurseur du *made in France*. Tous les mois, il importe quatre mille cinq cents livres de beurre de Normandie et de Bretagne. Pour obtenir les asperges vertes dont les clients du Savoy raffolent, il fait la tournée des petits producteurs du Vaucluse. Et quand il n'est pas satisfait des produits qu'on lui propose, il les invente lui-même. De la purée de tomate en bouteille stérilisée ? Pourquoi pas, mais des tomates pelées en conserve, ça serait tellement mieux ! Ni une, ni deux, il déniche une fabrique de conserves et la tomate concassée Escoffier fait son entrée sur le marché.

Gagnez les femmes, vous aurez les hommes. Les deux compères le savent bien, depuis le temps. Les Anglaises ne sont pas longues à convaincre. Il devient chic de prendre l'*afternoon tea* chez Ritz. Ces dames ont tôt fait de se sentir chez elles et de prendre leurs aises. Pour la première fois à Londres, on voit des filles, des épouses, des sœurs, dîner à la même table que les hommes. À un bout de la salle à manger, la comtesse d'Orléans, à l'autre les plus grandes courtisanes de la capitale. César les aime toutes sans distinction et il est leur petit bichon. C'est un amant prévenant qui n'attend rien d'elles. Elles adorent ses joues rondes qui appellent les pincements espiègles et sa moustache soignée d'homme de quarante ans. Monsieur Ritz, monsieur Ritz ! Elles pépient d'un bout à l'autre de l'hôtel, elles veulent son avis sur tout, ce collier, cette dentelle, ce jeune homme. L'arrivée de Marie-Louise à ses côtés n'a rien changé. Il est toujours à elles toutes sans appartenir à aucune. Au Savoy, elles se sentent libérées du carcan que la société leur impose. Au salon, au milieu des cigares de ces messieurs, Élisabeth de Gramont allume ses scandaleuses cigarettes. *How shocking !* Il ne manquerait plus que les femmes portent les cheveux courts et laissent voir leurs chevilles. La Femme. Comme ils l'aiment, Ritz et Escoffier. Pour elle, le chef invente les crêpes Suzette, le suprême de volaille Jeannette. Il y a de doux sourires dans ses assiettes, des chutes de reins, des lèvres carmin. Le

Savoy, c'est le temple d'Aphrodite. Pour les tenter plus longtemps et les encourager à consommer, Ritz engage un musicien pour jouer pendant les repas. Un Autrichien qui commet de petites valses. Johann Strauss, il s'appelle. Dans les salons du Savoy résonne *An der schönen blauen Donau* à longueur de journée.

Comme le prévoit son contrat avec le Savoy, Ritzy s'occupe d'autres activités. Il va partout où on le demande. Pour son ami Pfyffer, il supervise les travaux d'aménagement du Grand Hôtel de Rome où il fait de la fée Électricité la grande vedette. Comme il trouve les ampoules franchement laides, il décide de les cacher derrière les corniches des plafonds. Et donc, l'éclairage indirect, c'est Ritz.

Rome lui laisse le goût de la victoire mais aussi de la défaite. Rome, pour Ritz, c'est à la fois le prince Colonna portant un toast « Au nouveau César, revenant conquérir la ville ! ». Mais c'est aussi Saint-Pierre, la basilique, les œuvres d'art, les peintures, cent merveilles qui lui font entrevoir la magnificence de cette civilisation éternelle et le mettent face à son ignorance, lui le chevrier de la vallée de Conches, le petit Suisse parti de rien, qui côtoie les plus grands mais dont la culture est un grand drap rapiécé, plein de trous, effiloché aux bords. Qu'est-il comparé à Michel-Ange ? De Vinci ? Un doute le prend.

Mais même ce doute ne l'arrête pas. Il étend ensuite

sa main sur le Frankfurter Hof à Francfort, le Grand Hôtel des Thermes à Salsomaggiore, la Villa Igiea Grand Hôtel à Palerme, le Restaurant Ritz à Biarritz, le Claridge's et le Hyde Park à Londres, les Bains Kaiserhof et Augusta Victoria à Wiesbaden. Et il continue à faire des allers-retours entre Londres et Lucerne, Londres et Monte-Carlo, Londres et Menton. Il connaît l'horaire des trains par cœur. Il a toujours au fond d'une poche un itinéraire qui doit le mener à l'autre bout de l'Europe, vite, *faster*, *schneller*, *avanti* ! Il saute du marchepied d'un wagon à un autre. Il passe ses nuits sur les rails, lui qui commande aux plus luxueux hôtels du monde : même pas un lit ! Il ne prend même plus le temps de défaire ses valises. Partout où il arrive, il est pressé par le temps. Et partout, c'est la même histoire : les clients veulent du grandiose, de la folie, de l'extravagant. On jette l'argent par les fenêtres à Biarritz comme à Rome. À Londres, il réinvente Venise pour le millionnaire Alfred Breit en faisant inonder la cour du Savoy où viennent dériver des gondoles. À Salsomaggiore, il fait pousser des vignes au milieu des tables et offre aux duchesses d'Aoste et de Guise des ciseaux en or pour cueillir les grappes noires au moment du dessert.

Il est fatigué, César. Tous ces voyages l'usent, les longues heures cahoté par le chemin de fer, la nourriture en carton-pâte du wagon-restaurant. Des poils gris viennent se mêler à ses favoris. Et la poussière noire et collante du charbon s'imprime sur ses vêtements. Il frotte, frotte, son linge, ses ongles, son visage, mais rien n'y fait, c'est l'âge des peaux noires, du coke, de la houille, des boulets sombres jetés dans la gueule des machines. César a les mains qui tremblent, un peu. Un tour de rein qui ne veut pas partir. Le matin, en se levant, il doit se retenir à sa couchette quelques instants. Des étincelles grises dansent devant ses yeux. Dans ses hôtels, il affiche toujours le même sourire, la même énergie, sa mine impeccable. Mais sous le masque, il est livide, les cernes mauves, les yeux enfoncés. Parfois, allongé sur un lit inconnu, au milieu de la nuit, son cœur s'emballe. Il s'affole, se donne trois coups de poing sur la poitrine. Allons, mon pauvre cœur, allons, mon vieux complice. Encore un bout de chemin, un nouveau matin, un autre train.

César a quarante-cinq ans. Au milieu de ses pérégrinations, on ne sait trop comment, il a trouvé le temps de faire deux enfants à sa femme : Charles, né en 1891, et René, deux ans plus tard. Deux fils, qu'il connaît à peine. D'ailleurs, lorsqu'il s'adresse à eux, il dit Charles-René, ou René-Charles. Ça ne l'empêche pas de les aimer. Lorsque César n'est pas en vadrouille, Marie-Louise et lui reçoivent leurs amis dans leur maison de Golders Green. Escoffier est toujours de la partie, prêt à concocter des petits plats de derrière les fagots. Un après-midi, pour plaire à la maîtresse de maison, il invente de faire griller des toasts avant de les couper en deux et de les refaire dorer. C'est fin, c'est chaud, ça croustille. Le toast Marie ! décide Escoffier. Mais Mme Ritz décline l'hommage et l'invention est rebaptisée toast Melba, en l'honneur de la soprano Nellie Melba, grande amie des Ritz, qui donnera aussi son nom aux fameuses pêches d'Escoffier.

Marie-Louise est comme ça : jamais sous le feu des projecteurs. C'est un mariage morganatique, elle est la femme de l'ombre de César. Elle sait mener sa barque, pourtant. Elle n'est pas fille d'hôtelier pour rien. À César les salons, à Marie-Louise les offices. Au Savoy, c'est elle qui supervise la lingerie, la décoration, le petit personnel. Pour meubler l'hôtel, elle a dévalisé les magasins Maple, son goût pour les beaux objets se croise à tous les étages.

L'abeille ouvrière protège la reine, Marie-Louise couve les ambitions de son mari. César en a sa claque d'être dans les meubles des autres, entre des murs qui ne lui appartiennent pas. Le vieux rêve de son hôtel, l'Hôtel Ritz, n'est pas éteint. La cinquantaine approche. C'est maintenant ou jamais. Il prend quelques amis fortunés, y ajoute les vieux de la vieille, Escoffier bien sûr, Echenard, le maître d'hôtel, Agostini, le vieux caissier, Collins, son secrétaire particulier. Agitez le tout et ça donne la Ritz Hotel Syndicate Ltd. Mission : créer des hôtels de luxe. Premières cibles : Londres et Paris ; et ensuite, Rome, Madrid, Johannesburg, New York. Le monde. Justement, la Ritz Syndicate a repéré un lieu, au coin de Haymarket et de Pall Mall. Avant, c'était un palais, le Carlton House, et puis des promoteurs ont décidé de convertir le site en hôtel avant de se retrouver à court de crédit. César rachète le tout pour en faire l'Hôtel Carlton.

C'est un bon début, mais il n'y a pas inscrit « Ritz » sur la façade. César n'est pas satisfait. Il veut ce Ritz, il veut gommer pour toujours César, Cäsar, Kaiser. Sa renommée doit s'écrire en quatre lettres. Mieux, il veut supprimer la majuscule, entrer dans la langue courante. On dira C'est ritz, comme on dit C'est chic. D'autres l'on fait avant lui : c'est cornélien, machiavélique, dantesque.

Il cherche un endroit et, bien sûr, il pense à Paris, la ville où il a fait ses premiers pas dans l'hôtellerie. Il se souvient de l'Eureka, ce gros diamant jaune entraperçu lors de l'Exposition universelle de 1867 et qui lui avait donné des envies de grandeur. Il voudrait construire son hôtel là, tout près du Champ-de-Mars et des jardins du Trocadéro. Qu'un peu du génie créatif de toutes ces Expositions imprègne les murs de son Grand Œuvre. Mais les actionnaires de la Ritz Syndicate ne l'entendent pas de cette oreille. Ce qu'ils veulent, c'est de l'argent sonnant et trébuchant, et pour ça, il faut être là où se font toutes les grandes transactions, les gros marchés : les Grands Boulevards. Justement, les antiquaires Ludwig et Sigismund Neumann, actionnaires de la Ritz Syndicate, ont dégoté un petit immeuble chiadé qui pourrait faire l'affaire et qui est mis en vente par les liquidateurs du Crédit mobilier. Place Vendôme, numéro 15. Ritz grimace. Il ne garde pas un très bon souvenir de la place et de sa colonne, abattue en 1871 par les communards. Trop de sang, et le sang, ça tache, ça laisse des traces indélébiles.

Il profite pourtant d'un voyage à Paris pour aller voir le lieu. L'aménagement intérieur n'est pas mal du tout, un style néo-antique qui plaît à César. Et ce grand escalier qui donne dans le hall, Ritz voit déjà les pieds des plus grands de ce monde le descendre. Mais ce qui le convainc tout à fait, ce sont les trois hôtels qui existent déjà sur la place : l'Hôtel Bristol, ouvert neuf ans avant, l'Hôtel du Rhin et de la Moselle, et le Vendôme, au numéro 1. Cette concurrence, la rage d'écraser, de monter, d'être meilleur. César brûle en contemplant la façade du numéro 15. Dans la voiture qui le ramène à la gare, dans le train qui le conduit vers Le Havre, pendant la traversée des côtes françaises à Southampton, tandis que les vagues fouettent les flancs du bateau et que les passagers malades se pressent sur la passerelle, César griffonne sur les dernières pages vierges de son petit carnet d'adresses. Il trace des plans et des coupes, des petits ornements et des ferronneries, comme au temps des planches à dessin de la forge de Sion. Il imagine des décors, des motifs, tourne au stylo des pieds de meubles et drape des rideaux à trois plis. Il dessine des blasons, des banderoles, des fleurs de lys et, au milieu de cette débauche royale, appuie sa plume pour graver un immense R qui déchire presque le papier. Il a trouvé son Ritz.

Küssnacht, 1917

Le salon de l'Institut brille comme un phare, toutes ampoules allumées pour lutter contre le gris tombé sur le lac et les montagnes. Les résidents se sont réfugiés au salon. Il s'est assis seul, à une petite table. Ses cheveux tombent devant ses yeux, auraient besoin d'être coupés. Au sol, le tapis disparaît sous de grandes feuilles froissées. Il dessine à grands traits nerveux des schémas mystérieux, concentré.

Le docteur Egli tire la chaise en face de lui et tend une main à travers la table, la pose sur celle de César pour arrêter son griffonnement compulsif. Du menton, il désigne le dessin en cours. Qu'est-ce ? César fixe sur lui ses yeux ronds qui ne voient plus que des ombres. Sa bouche est pâteuse, il avance les lèvres, souffle des sons Zote. Ezote. Le médecin fronce les sourcils. César s'énerve, il sent monter la colère, l'ancienne colère endormie par les médicaments. Jambe qui tressaute, plat de la main tambourinant sur la table. Les dents grincent. Le psychiatre reste calme, l'habitude de ces pics d'excitation. Prenez votre temps.

Des hôtels ! crache César. Des hôtels, des hôtels, des hôtels. Il passe sa main sur le dessin. Façade, entrée, cent vingt chambres ! Egli se penche mais sur la feuille seulement des bâtonnets tremblés sans rapport entre eux. Il se baisse pour attraper un paquet de feuilles éparpillées sur le tapis. Il observe la première, la tourne, dans un sens, dans l'autre. Gribouillis, taches, ratures. La liasse dans la main gauche, il fait défiler les pages sous son pouce droit. Les dessins s'animent, les traits se redressent, s'assemblent. Apparaissent un mur, une porte, un linteau fleuri, les fenêtres se regroupent en rangées, colonnes, façades. La grande porte s'ouvre, on est à l'intérieur, double escalier, traits fuyants pour les veines du marbre, puis une chambre, une autre, un lit immense, tout un luxe en noir et blanc.

Le psychiatre repose les feuilles. Magnifique. L'un de vos établissements ? César rit, un grand rire qui traverse le salon et éteint les conversations. Il rejette ses cheveux en arrière. En un clin d'œil, il a retrouvé sa prestance d'antan. Non, non, un projet pour New York. Ou peut-être Johannesburg. Et il explique, fébrile, les millions à investir, l'architecture, le personnel. Et les cuisines, bien sûr. Des cuisines grandioses pour son ami Auguste Escoffier. Le docteur Egli l'écoute sans rien dire. Châteaux en Espagne, plans sur la comète, mais pourquoi détromper le patient ?

Numéro 15

Un actionnaire, c'est bien connu, ça n'a pas de cœur. Lorsque Ritz présente ses croquis et ses rêves à la Ritz Syndicate, l'impitoyable société hausse les épaules : trop cher. C'est la dégringolade. L'hôtelier passe toute une journée enfermé dans son bureau du Savoy à ruminer ses idées noires. Puisque c'est ainsi, il arrête tout ! Il va prendre sa retraite, tiens, ils vont s'en mordre les doigts. Il boude comme un gamin au jouet cassé et va se coucher en grognant et jurant qu'il faudra désormais compter sans lui.

Mais comme il ne dort pas plus maintenant que du temps de sa jeunesse, il lui vient une idée, tandis qu'il fixe le plafond de la chambre à coucher bercé par le ronflement marital de Marie-Louise. Puisque la Ritz Syndicate lui refuse les fonds, il ira chercher l'argent ailleurs. Il sort son carnet d'adresses de la poche de son pyjama, là où il le range toujours le soir au cas où il aurait besoin de se rassurer : tous ces noms égrenés synonymes de réussite. Il lèche son index et tourne les pages. Ah, voilà ! Alexandre Marnier-Lapostolle. Un négociant en alcools, ça n'a pas du sang froid dans les veines. Et puis Marnier-Lapostolle lui doit bien un service : c'est Ritz qui lui a suggéré de nommer sa liqueur Grand Marnier et en a commandé pour tous ses établissements. Tout ce que touche César…

Ritz rejette les couvertures. À quoi bon dormir quand on peut faire fortune ? Il se glisse jusqu'à son bureau en catimini. La maison dort. Charles et le petit René qui a à peine un an s'agitent dans leur chambre peuplée de rêves d'enfants. Assis dans son grand fauteuil en cuir d'homme qui a réussi, César trace des plans et fait le compte de ses généraux, ceux qui le suivront dans la bataille. Il écrit à Marnier-Lapostolle, déchire la lettre. Non, quelle idée ! Il va téléphoner. Vive la modernité ! Vive le fil souterrain qui relie Londres à Paris à toute heure du jour et de la nuit ! Il l'imagine, courant sous la Manche, serpentant parmi les pierres grises tanières à poissons. Le message se faufile, l'eau vibre autour de lui, les ondes le propagent, dans la mer, dans l'océan, répandant partout le génie de Ritz, à Nice, Monte-Carlo, Cannes, en Normandie et sur la côte italienne, au Caire par la mer Rouge, jusqu'à New York, Buenos Aires, Los Angeles. César sourit, la cacophonie des langues qui s'entremêlent, français, allemand, anglais, italien, espagnol, pour annoncer la bonne nouvelle : cette nuit, un hôtel est né. Devant lui, les puissants, les rois, les princes viendront s'incliner. Il sera de ceux qui changent à jamais la face du monde. L'Hôtel Ritz à Paris ! L'Hôtel Ritz ! Le Ritz !

Marnier-Lapostolle dit oui. Bien sûr qu'il dit oui. Il fait un gros chèque à César, qui bloque dans la foulée la vente du numéro 15, place Vendôme. La Ritz Syndicate, mise devant le fait accompli, est bien obligée de s'incliner. Les actionnaires créent la Ritz Hotel Development Company dont César est nommé administrateur-directeur général avec interdiction de s'associer à d'autres hôtels sans l'accord de la compagnie. Tout ça ne fait pas les affaires du Savoy. Sir Richard D'Oyly Carte trouve que son directeur passe un peu trop de temps à développer son propre business en faisant passer son hôtel en second. Il le somme de cesser ses activités pour la Ritz Hotel Development Company. César est sourd puisque ça l'arrange. C'est le propre de tous les goujats éclairés. Escoffier lui emboîte le pas, comme à son habitude. Mais les administrateurs du Savoy ne comptent pas en rester là. Ritz les a sortis de la panade il y a dix ans, ça n'excuse pas tout. Ils diligentent une société fiduciaire pour mener l'enquête. Sherlock n'a qu'à bien se tenir. La société sort sa loupe et examine les comptes du Savoy. Ça coince : depuis deux ans, les recettes générales augmentent alors que les bénéfices de la cuisine diminuent, au point d'être dans le rouge en 1897. Et pour cause, Auguste Escoffier a pris l'habitude d'ajouter une petite commission sur les factures de ses fournisseurs. Oh, une bagatelle, cinq pour cent à peine.

Mais le total monte à près d'un million quatre cent mille livres actuelles. Aïe. Quant à César, il a profité de sa position au Savoy pour combler ses relations et investisseurs de petites gâteries ; six mille quatre cents livres de vins et spiritueux dans les six premiers mois de 1897, des cadeaux, des attentions, un demi-million de livres actuelles dont le Savoy ne verra plus jamais la couleur.

L'avocat du Savoy, le très honorable Edward Carson, conseille comme il se doit aux administrateurs de renvoyer sans délai Ritz et sa bande de guignols. D'Oyly Carte y pense. Très fort. Là où le bât blesse, c'est que Ritz est au courant de tas de petits secrets pas très avouables. Durant toutes ses années au Savoy, il s'est fait le complice des combines de la meilleure société, et dans le rang des damnés figure en bonne position le prince de Galles *himself*. L'héritier de la couronne a en effet une fâcheuse tendance à considérer le Savoy comme sa garçonnière privée, et Ritz comme le tenancier discret qui garde la porte. Imaginez un peu que pour se venger de son renvoi, l'hôtelier décide de tout déballer. On est début 1898, *Paris-Match* ne fait pas encore sa couv' sur Lady Di en maillot bleu ciel sur le yacht de Dodi. L'affaire Ritz-Escoffier est étouffée. Point à la ligne.

Pygmalion

Enfin, Ritz a les mains libres. Il a hâte de les plonger dans la terre et d'en faire sortir sa Galatée. Par où commencer ? Son petit carnet a beau être rempli de dessins d'hôtels, il ne connaît rien à l'architecture. Il déteste son ignorance. Il n'a pour lui que ses trois années au collège de Sion. Il est persuadé qu'on le montre du doigt. Hou, l'ignorant, l'inculte. Le paysan, l'aubergiste, le parvenu. Sûrement, ses clients se moquent de lui dès qu'il a le dos tourné. Il passe son temps à jeter des coups d'œil par-dessus son épaule pour surprendre les sourires ironiques. Il ne les prend jamais sur le fait.

Pour son nouvel hôtel, son Ritz, il est terrorisé. S'il se trompait, s'il choisissait la mauvaise argenterie, le mobilier démodé, les draps qui ne vont pas ? Si les clients, au lieu de l'admirer, se mettaient à rire ? Il grince des dents. Déléguer lui flanque une trouille bleue, si jamais son Idée lui échappait. S'en remettre à un autre, c'est avouer son impuissance. Mais il craint encore plus l'échec. Il engage l'architecte Charles Mewès.

Mewès n'en est pas à son coup d'essai. À Paris, bon nombre d'immeubles portent déjà sa marque. Son talent n'est plus à prouver. Ce qui décide César, ce sont les ongles de l'architecte, en demi-lune et parfaitement limés. On peut faire confiance à un homme qui prend soin de ses mains.

César a déjà mille idées en tête. Il veut un hôtel moderne, mais pas un de ces grands machins impersonnels que les Américains ont mis à la mode. Il veut l'électricité et une baignoire dans chaque chambre, mais aussi une ambiance portraits de famille aux murs et fauteuils hérités de l'arrière-grand-mère autour de la cheminée. Pour la façade, il verrait bien quelque chose dans le style Art nouveau. Mewès le met en garde. Le *in* est vite *out*. Autant garder la belle façade classique existante, indémodable.

Pendant des semaines, les deux hommes font la tournée des châteaux, des musées et des galeries d'art. Mewès joue les guides et César l'élève attentif. Pour l'hôtelier, l'architecte tire de sa bibliothèque des planches d'illustration ; style Louis XVI, Régence, Empire, Sheraton, Adams. Il l'emmène visiter le château de Rochefort-en-Yvelines, l'un de ses chefs-d'œuvre, et la maison de Jules Ferry. César se met du beau plein les yeux. Comme un gamin dans un magasin de jouets, il désigne les merveilleux objets : cette table, ce paravent, cette chauffeuse. Je veux. Mewès fait exécuter des copies. Pour l'argenterie, le linge, la verrerie, César choisit Christofle et Rouff et Baccarat. Et n'oublions pas l'éclairage. Ritz le veut parfait, ampoules électriques dans toutes les chambres. Pendant des heures, il s'enferme avec un électricien et teste sur le visage de Marie-Louise les reflets de différentes couleurs d'abat-jour. Jaune, on la dirait atteinte du foie, vert, la voilà prête à défaillir, bleu, la mort s'annonce, rouge, elle s'échauffe et fane. Il choisit finalement la nuance abricot rosé, parfaite, peau de velours, joues vermillon, décolleté appétissant.

La nuit, pendant ses deux heures quotidiennes de sommeil, César rêve de sa caverne d'Ali Baba emplie de trésors. Puis il se lève, s'habille et va explorer le chantier de son hôtel. Il parcourt les couloirs, son petit carnet à la main. Il note tout. Il s'émerveille et critique. Ici, il faudrait rajouter une lampe, ce mur a été mal peint, le tapis, plus au centre, le fauteuil, cinq centimètres plus à gauche pour faciliter le passage. Il pousse les meubles, déplace les accessoires. Grincements et raclements dans l'immeuble endormi. Sur la place Vendôme, les pavés pris par le gel scintillent. La grande colonne veille.

Le jour de l'inauguration, César est repris par le doute. Au fond, il est très cartésien : je doute donc je suis. À huit heures du matin, il a déjà changé trois fois de costume. Il court, le front rouge, valises sous les yeux. Combien de cafés jetés dans le gosier ? Il sue et retourne se changer. Dans la glace, son reflet. Qu'il est laid ! Blanc, les yeux enfoncés comme deux balles. Derrière lui, l'or et le faste de la suite qu'il occupe avec

Marie-Louise au dernier étage de l'hôtel. Et lui, qui gâche ce décor avec sa tronche mal dégrossie. Il cache son visage de ses mains. Ne pas se regarder. Il change encore de costume pour se rassurer. Il en a trois cents, il achète chez le tailleur l'élégance qui manque à ses gènes.

Pour couronner le tout, il pleut. Un 1er juin ! César s'abîme dans la contemplation des gouttes qui rebondissent sur la place. Debout devant la fenêtre, immobile pendant que l'hôtel bruisse autour de lui. Le temps passe. On toque à la porte ; il sursaute. Le menuisier vient de livrer les chaises du restaurant. César enfile un nouveau costume et descend. C'est le drame que tout le monde redoutait : les chaises sont trop basses par rapport aux tables. César se retient à un accoudoir. Imagine. Lady de Grey et les Rothschild dînant le menton sur la nappe. Panique, prêt à tout annuler. Non. Il est César Ritz, le Magicien. Se reprend et court après le menuisier sous la pluie. L'homme fait demi-tour, scie en main. Les pieds des tables y passent. César remonte se changer. Une veine violette sur sa tempe pulse sur un rythme diabolique.

Dans l'après-midi, Escoffier fait son apparition, moustache prussienne, costume noir Louis-Philippe, canne à pommeau d'argent. Il vient prendre possession de ses cuisines flambant neuves, cuivre, fer, pas d'aluminium surtout. Ni gaz ni électricité pour cuisiner. Les flammes et le charbon, il n'y a que ça de vrai quand on n'attend rien de moins que la perfection. Sa brigade est au garde-à-vous, prête pour le dîner de gala du soir. Auguste s'inquiète de l'agitation de César. Allons, vieux frère, tout ira comme sur des roulettes. Il attrape une main tremblante dans la sienne, replie les grands doigts manucurés et crispés. Il est inquiet. Toutes ces années à tirer sur la corde ont fatigué son vieil ami. Il n'a plus rien du roc inébranlable d'autrefois. Tu es poussière et tu redeviendras poussière. À quarante-huit ans, César s'effrite. Auguste se demande : combien de temps avant l'écroulement ?

Enfin, le soir tombe, le roulement des voitures a remplacé sur la place le clapotement gris de la pluie. César a passé sa plus belle redingote noire. Debout à côté de la grande porte à tambour, tournant le dos à la place, il attend. Chaque fois que le claquement métallique de fers à chevaux résonne sur le pavé, il retient son souffle. Ce n'est que l'omnibus, un attelage pressé qui se dirige vers la Seine, un charretier au cheval emballé. Marie-Louise s'approche de lui, bruissement de la soie de sa longue robe sur le tapis de l'entrée, effleure son bras. Ils viendront. Elle sourit, il montre les dents pour faire bonne figure. Ils viendront. Ils viendront. Il se chantonne mentalement les deux mots. Il entend sa voix résonner dans sa tête avec un infime décalage. Si je le répète trente fois, Gulbenkian franchit le seuil. Ils viendront, ils viendront. Encore quinze fois et la marquise de Breteuil fait son apparition. Ils viendront. Dieu, faites qu'ils viennent. Il y a des années qu'il n'a pas prié, mais l'occasion est peut-être bien choisie pour s'y remettre. Il pense au collège de Sion, aux après-midi de punition les genoux sur la règle en fer devant l'image du Christ, au père, à Anton Ritz, manie du chapelet et des Je vous salue Marie. Il essaie : *Je vous salue Marie*, pleine de grâce. Non, décidément, ça lui rappelle trop le Valais et les chèvres et la neige six mois dans l'année. Il n'est plus ce Ritz-là, la lignée est brisée. Il se moque de lui-même. Comment ? Prier ? Sur cette terre, c'est aide-toi toi-même, le Ciel n'aidera personne. Il rit. Le concierge se retourne. César tousse dans sa main.

Ils viennent. Un attelage s'arrête sous le grand porche d'entrée. L'Aga Khan en descend. Ils viennent. Ils sont là, tous. La princesse Lucien Murat, le duc et la duchesse d'Uzès, toute la haute société parisienne, et les Américains qui parlent fort et foulent les tapis comme un territoire conquis, les Morgan, les Rothschild, et le grand-duc de Russie, et les journalistes, et les personnalités, un certain Marcel Proust, cette bonne vieille Sarah Bernhardt. La cravate de César, qui lui écrasait la glotte, se détend soudain. Il a à nouveau le contrôle de ses mains et de ses pensées. On boit, on cause. Les Américains envoient de grandes claques dans le dos de Ritz. *Well done, old folk !* Auguste Escoffier a préparé un festin, les louanges et le vin coulent à flots. Longue vie à César Ritz !

Dès le premier jour, l'hôtel est plein à craquer. On refuse des réservations. Dans le jardin pris d'assaut par les dames, les merles et les pinsons chantent Ritz, Ritz ! sur l'air des lampions. César a ramené de Londres l'habitude du *five o'clock*, les Parisiens adorent, on n'a jamais assez d'occasions de s'enfiler dans le gosier des pâtisseries et des petits fours. Escoffier râle, cette débauche culinaire une heure avant le dîner, ça torpille son canard et ses soufflés au parmesan. Qu'à cela ne tienne, César décale le *tea time* d'une heure et invente le quatre-heures.

Il a d'ailleurs intérêt à maîtriser les horaires, Ritz. Son hôtel de Paris à peine inauguré, il lui faut s'occuper de celui de Londres, encore en travaux. Rien de plus simple : Paris-Amiens par le train de 15 h 45, l'express de Bâle, en route vers Calais, dîner sur le pouce au wagon-restaurant, le vapeur jusqu'à Douvres, cap sur le sud-est par ferry, et enfin le train de Chatham à Londres. À minuit, il est au Carlton. Trois jours plus tard, rebelote dans l'autre sens pour rejoindre Paris. Il est absent si souvent que son fox-terrier ne le reconnaît plus. Quant à ses enfants…

Il tente des sorties en famille, emmène ses troupes au premier show de l'Automobile Club aux Tuileries. Charles a six ans, pousse des cris devant les avions pilotés par Clément Ader. César fait des relations publiques : Roland Garros, Hubert Latham, Alberto Santos-Dumont sont de bons clients. L'hôtelier sent sa vieille curiosité se réveiller. Il pose mille questions à Dumont sur sa *Demoiselle*, un petit biplan avec des ailes de cerf-volant. Dumont le laisse tirer sur les manettes. Ritz trouve que ça serait pratique pour traverser la Manche plus rapidement. Accoudé à la machine, Roland Garros se marre doucement. César se renfrogne. Il n'aime pas passer pour un idiot. Il empoigne Charles et le petit René, Rentrons ! D'ailleurs, il y a trop de foule, on s'écrase, il n'aime le monde que chez lui.

Dès la première année, c'est le jackpot. En juin 1899, le Ritz a déjà généré deux cent soixante-dix-huit mille francs de profit d'exploitation et peut reverser sept pour cent de dividendes à ses actionnaires au lieu des cinq pour cent prévus. La Ritz Hotel Development Company devient la Ritz Hotel Limited et le capital initial de cent vingt mille cinq cents livres est augmenté de trente mille livres. Le siècle vit ses derniers instants, englué dans l'affaire Dreyfus. Aux tables du Ritz, selon qu'on défende ou non le petit officier juif, on est pour ou contre l'armée, l'Église, l'État, et même les croissants du petit déjeuner. César suit l'histoire dans les journaux, ça le stresse. Il ne sait pas de quel côté il doit être, il renvoie les questions d'un sourire, vieille technique de Sioux-qui-ne-veut-pas-déterrer-la-hache-de-guerre.

En même temps qu'il engrange des millions à Paris, Ritz est sur le point d'ouvrir son Carlton, à Londres. Pour lui donner du mou, la Ritz Hotel Limited le nomme administrateur du Ritz Paris et confie les rênes de directeur à Henry Ellès. Auguste Escoffier aussi est rentré à Londres, laissant sa cuisine du Ritz au chef Georges Gimon. Finalement, il préfère les « rosbifs » aux « froggies ».

Début juillet 1899, toute la famille Ritz arrive à Londres. César donne les dernières consignes avant l'ouverture du Carlton. Il a l'habitude de mener sa barque, mais il sent qu'il a de plus en plus de mal à ramer dans le sens voulu. La veille de l'inauguration, le personnel organise une soirée pour détendre l'atmosphère. Tous les hommes débarquent dans le salon affublés de serviettes de bain drapées en toge. Ils tendent le bras fièrement : *Ave* César ! Les spectateurs se poilent, mais Ritz recule devant ces fantômes dressés devant lui. Lui n'entend que *Morituri te salutant.* Il voit l'ombre tapie derrière les paravents, rampant sur les murs, encerclant la pièce. Marie-Louise lui donne un coup de coude, il retrouve ses esprits, force un rire à sortir de sa gorge. Il fait un petit discours à la manière du Grand Jules devant les sénateurs, fait claquer un rouleau imaginaire de papyrus dans les airs. Le petit René qui n'a pas trois ans court entre les jambes des adultes en criant *Ave* César, *Ave* César ! Toujours à jouer la comédie celui-là.

C'est l'ouverture, le succès, puis le train-train reprend, le printemps à Salsomaggiore avant de gagner Londres, Paris, Francfort et à nouveau Londres, Salsomaggiore et Lucerne. Toute la bonne société le suit, les duchesses et les barons, les milliardaires et les héritières, les capitalistes et les conservateurs ; et toujours le prince de Galles, pas pressé d'être roi. Maman Victoria veille au grain en Afrique, où la révolte des Boers gronde, tandis qu'Édouard court la gueuse aux quatre coins de l'Europe, Ritz lui tenant la porte grande ouverte. On sera sage lorsque l'on sera mort.

Fin de règne

La reine Victoria passe l'arme à gauche en janvier 1901. Tandis que le royaume enfile ses habits de deuil, Ritz voit dans cette mort un mauvais présage. La carrière de joyeux trublion d'Édouard s'achève. La reine est morte, vive le roi Édouard VII ! Et le roi ne peut pas se permettre la même liberté que le prince de Galles. Finie, l'ère édouardienne des blagues de potache et des soirées dans les hôtels de Ritz qui finissent au petit matin. Ritz a cinquante ans. Il regarde derrière lui, cinquante années à s'agiter dans le lait pour faire du beurre. Il est fatigué. En fait, non, il était fatigué il y a dix ans. Maintenant il se sent juste vieux.

Mais il a toujours bon flair, bon œil. Le couronnement du nouveau roi, fixé au 26 juin 1902, est une affaire en or. Toutes ces têtes couronnées se pressant à Londres pour voir et être vues. Le Carlton de Ritz devient le QG mondain de l'événement. Comme un fait arrangé, le cortège qui doit se rendre de Buckingham à Westminster passe pile devant le Carlton. Les chambres sur rue s'arrachent comme des places de balcons d'opéra. Un temps, César redevient le Prestidigitateur, celui qui improvisait des braseros dans des pots de fleurs pour les Américains de Rigi-Kulm. Pour satisfaire les clients dont les chambres ne donnent pas sur rue, il convainc les autres de leur faire une place chez eux. Plus on est de fous, plus on rit, ce sera comme un pique-nique en chambre, on s'acoquinera avec des inconnus en regardant passer le roi. Le Carlton est complet des mois à l'avance, Ritz à la barre, Escoffier dans la cale. En même temps, l'hôtelier s'occupe d'une petite affaire qu'il manigance, un site qu'il a repéré à Piccadilly et qui ferait un emplacement parfait pour son Ritz de Londres. Ritz court toujours, mais ce n'est plus pour arriver le premier, il court pour échapper à l'ombre qui le poursuit le jour, reste au seuil de la chambre, la nuit. Il sait qu'un jour l'ombre le rejoindra et l'engloutira ; déjà elle se lit sur son visage creusé qui inquiète Marie-Louise. Charles et René ont ordre de marcher sur la pointe des pieds en passant devant le bureau de leur père.

La semaine précédant le couronnement, le Carlton prend des airs de camp retranché. La cuisine est au garde-à-vous, les valets patrouillent dans les couloirs en bataillons bien rangés. Tout est planifié, au carré, on n'attend plus que le premier coup de canon pour se lancer dans la bataille.

La canonnade tonne, mais pas là où on l'attendait. Le

24 juin, Édouard VII est victime d'une crise d'appendicite. La guerre du Carlton n'aura pas lieu. Auguste Escoffier l'apprend en premier. À lui revient la tâche d'informer César. Ne tirez pas sur le messager. Il est midi, Ritz supervise la salle à manger où on attend cinq cents clients. À l'annonce de l'annulation du couronnement, il pâlit. Il pense aux provisions, stockées dans le garde-manger, aux livraisons qu'il va falloir annuler, aux clients mécontents. Il regarde autour de lui les insouciants qui déjeunent sans se douter de rien. Escoffier est déjà retourné en cuisine donner ses ordres. Il avance au milieu de la salle. Il s'éclaircit la voix. *Ladies. Gentlemen.* Le silence se fait. Le couronnement n'aura pas lieu. Après consultation des professeurs, le roi va subir une opération dangereuse, peut-être mortelle, qui vient d'être déclarée absolument et immédiatement nécessaire. La salle s'exclame. César est déjà oublié. Il recule, l'ombre sort de sa cachette derrière les rideaux sous les tables dans les recoins de la salle. Elle fond sur lui. Dont acte. Rideau.

Il ouvre les yeux ; son nez sur le tapis d'Orient aux reflets de soleil couchant. Quelqu'un crie : César ! Une femme, cheveux bouclés sur le front. Il fronce les sourcils. Il l'a vue quelque part, déjà. *Was willst du ?* C'est l'allemand qui revient, suivi du *rosa rosa rosam rosae rosae rosa* hérité des Jésuites. Il grommelle ses déclinaisons, caressant du plat de la main la laine tissée du tapis ; frotte son pouce contre son index et son majeur. Poussière ! Microbes ! Il bat des jambes pour se redresser. Deux mains le plaquent au sol. *Stay still ! Sei still*, traduit un homme toqué de blanc dans un mauvais allemand. Aug... Aug... quelque chose ? César tend les mains. L'homme sourit. Allons, vieux bandit, du calme. César laisse sa tête repartir en arrière, il grimace en sentant ses cheveux s'écraser contre le tapis. Crasse ! Saleté ! Il ferme les yeux. Il lui semble entendre le grincement des roues d'un wagon de train sur le métal des rails. Où va-t-il ? Lucerne ? Madrid ? Monte-Carlo ? Le sol bouge sous lui. Il attend le sifflet du chef de gare annonçant la station. Le sifflet ne vient pas, César rouvre les yeux. Pas de train, pas de gare, juste le chariot du service à thé qui traverse le hall en cliquetant.

L'homme toqué de tout à l'heure – Auguste, ça lui revient. L'homme passe un bras sous son dos. Debout, il murmure : Les clients. César regarde l'attroupement autour de lui. Ça lui rappelle le Jardin d'Acclimatation du bois de Boulogne, les petits enfants se pressant autour de l'enclos des éléphants. Un autre souvenir : purée de haricots rouges et consommé d'éléphant. Mais ça, c'était avant. Quand ? demande-t-il à Auguste. Noël 1870 chez Voisin, répond la toque. Ça lui revient. Il crie : Bellenger ! Le nom résonne contre les murs de l'hôtel. C'était un sacré bonhomme, Bellenger. César vacille. Il a la tête légère et les jambes lourdes. Ou le contraire, il ne sait plus. Ne sait plus. Ne sait plus. Il chantonne. Ne sait pluuus. Ça le fait rire. Étonnant ce mot : plus. Plus, plus, plus. Il le répète, l'expulse de sa bouche. Un postillon atterrit sur la manche de son costume. Non. C'est sale. Sale, sale, sale ! Il se débat. Il veut enlever sa veste. Et son pantalon tant qu'il y est, qui a frotté contre le tapis. Bons à jeter ! Mais Auguste l'en empêche, il l'entraîne vers le bureau, ferme la porte, l'assoit dans son fauteuil. Un médecin, dit-il au maître d'hôtel qui les a suivis.

Un médecin ? César veut protester. Il n'a pas besoin d'un médecin, il se sent très bien. D'ailleurs, il rit encore, c'est la preuve qu'il n'est pas malade. Et puis, les médecins, il n'aime pas ça, avec leurs vieilles mallettes de cuir qui ont traîné dans des bouges où la maladie et la mort ont un bail *ad vitam aeternam*. Il veut dire : pas de médecin. Pas dans mon bel hôtel propre ! Mais les mots ne franchissent pas ses lèvres ; ils retombent déformés, sa langue est lourde, collée au palais. Spectres noirs qui courent sur les murs. Des rats ! Les rats vont venir ! Se sauver, c'est trop dur, son corps ne veut plus.

Auguste a fait commander à la cuisine une potion de son invention : jaune d'œuf battu avec du sucre, une larme de champagne, le tout arrosé de lait chaud. C'est son cocktail du soir, souverain pour trouver le chemin des bras de Morphée. Il appuie le verre contre les lèvres de César qui crachote et s'étrangle. Grince des dents, finit par avaler. Le champagne est amer et le lait doux.

Il se renverse en arrière sur le fauteuil, plante ses ongles dans les accoudoirs. Il entend dans ses oreilles le bruit des vagues. Vogue, vogue.

Le médecin a ordonné : repos complet. César a l'impression qu'un bœuf s'est couché sur sa poitrine pendant la nuit. Il a dormi et il est exténué, mal aux côtes, les tempes douloureuses, la jugulaire qui palpite, la poitrine compressée. Il a enfilé son sourire pour cacher ses cernes et sa douleur. On l'a renvoyé à la niche, la queue entre les jambes. Plus d'hôtel, plus d'affaires, ni Londres, ni Paris, ni Tombouctou s'il le voulait. Calme et air pur. L'air pur. Il en a eu assez les dix-sept premières années de sa vie. Pourquoi ne pas retourner garder les moutons tant qu'on y est. Marie-Louise ne cède pas. Il supplie, Mimi, ma petite Mimi. Mais elle : Nous irons à Lucerne chez Pfyffer. Elle a sa tête de bourreau de la Révolution. Pour une fois, reste couché ; et cette phrase terrible : Le monde peut continuer à tourner sans toi. Elle l'achève !

En arrivant en vue d'Assouan, les passagers se sont groupés sur le pont de la dahabieh, scrutant le tracé de la côte, plissant les yeux, une main en auvent pour se protéger du soleil qui tombe presque d'aplomb, tentant d'apercevoir la ligne jaune du rivage par-delà le reflet du jour sur l'eau.

Lucerne n'y a rien fait, alors Marie-Louise a profité

de l'invitation de Baehler, compatriote helvétique de César et pionnier de l'hôtellerie égyptienne balbutiante.

Sur le pont, César ne s'est pas joint à la foule. Affalé sur une chaise longue au matelas rayé bleu et blanc, un verre un tiers citronnade, deux tiers rhum dans la main, glaçons fondus, il regarde d'un œil torve les rochers ocre qui descendent jusqu'au fleuve. Des gouttes perlent le long de son verre, trempent ses doigts avant de s'écraser sur son pantalon en flanelle blanc. *Ploc.* Petits ronds gris qui éclosent sur le tissu sans que César réagisse. Il y a cinq jours qu'il n'a pas taillé sa moustache. Sa chemise aurait besoin d'un bon coup de fer. Les autres passagers le prennent pour un archéologue, un intellectuel poussiéreux, désert, chèche, sable, hiéroglyphes marmonnés dans la barbe. Il s'en fiche.

Il ne participe pas aux visites organisées à la lumière artificielle dans les temples, aux promenades sur les marchés. C'est à peine si les porteurs indigènes secouant rudement les malles à l'embarquement lui arrachent un grognement. Il s'en fiche. Il n'a pas fait le tour des cabines pour admirer l'aménagement Belle Époque, il a goûté du bout des lèvres les plats servis dans le grand salon vitré d'où l'on peut voir le Nil. Il s'en fiche. Il n'a pas un regard pour les felouques millénaires glissant sur le fleuve encore sauvage, ni pour les steamers chargés de touristes, battant l'eau de leur grande roue à aubes. Il s'en fiche.

Le capitaine s'approche de lui. Il sait bien, lui, qui

est cet olibrius renfrogné. Au départ du Caire, Marie-Louise est venue lui chuchoter à l'oreille Grande fatigue Besoin de repos Ne pas déranger. Le capitaine a un neveu, à Londres, un grand gars roux un peu coincé, trois ans cuistot dans les cuisines d'Escoffier au Savoy. Passe son temps à chanter les louanges du Grand Bonhomme Ritz à tous les repas de famille. Le capitaine regarde l'homme. C'est donc ça, Ritz ? Pourquoi pas au fond, il en a vu des tas, des héritiers qu'on confond avec leurs valets, des hommes d'affaires en guenilles, des maîtresses adorées avec une gueule de jument. Il tend un cigare à César, qui décline du menton parce que, comme de bien entendu, il s'en fiche.

Le capitaine hausse les épaules et s'allume tout de même son pétard. Si le gars préfère se taire, ça lui va, il n'est pas grand causeur lui-même. Tournant le dos à Ritz, il s'accoude au bastingage, tète son cigare. La fumée qui lui sort du nez s'enroule dans les fils or roussi de sa barbe. Il donne une pichenette sur la visière de sa casquette pour la relever. Ces rives, il les connaît par cœur. Il rêve d'aventure, le capitaine, des côtes africaines, de l'Asie, Saigon, Manille. La forêt vierge et les terres inconnues. Au lieu de ça, il a les touristes et les diplomates, les grandes asperges en ombrelles qui tombent dans les pommes au moindre coup de chaud. Et le soir, dans la salle à manger, faire la conversation aux petits personnages qui ont le privilège de manger à la table du capitaine. Il expire la fumée par ses grands naseaux. Du coin de l'œil, il voit que Ritz n'a toujours pas bougé. Ce gars-là, finalement, c'est aussi un baroudeur. Il a roulé sa bosse un peu partout dans le monde. Il paraît qu'il est né sans un rond dans la poche, dans un patelin au fin fond de la Suisse. Il connaît ça, le capitaine, il vient d'un coin paumé de l'Alsace, un village au nom imprononçable qui finit en *heim*. Il tapote son cigare, la cendre s'envole.

Le bateau ralentit. Ils arrivent en vue du barrage flambant neuf inauguré par les Anglais cette année. Le capitaine admire, de la belle mécanique. Il le dit à César. Pas pour faire la conversation, plutôt comme s'il se parlait à lui-même. Il désigne l'ouvrage. Va permettre l'exploitation de terres arables, un progrès pour l'agriculture, et l'irrigation, aussi, pour arroser les champs de coton. Le bonhomme derrière lui ne réagit pas, mais le capitaine continue. Malins, ces Anglais. Tout ça, ce n'est pas pour les beaux yeux des autochtones. Non monsieur. Le coton ramassé atterrit directement dans les filatures d'Angleterre, on file, on teint, on coupe, on emballe et le tout est réexpédié en Égypte pour être revendu au prix fort. Bon business. Et ce n'est pas tout. Tiens, ça va peut-être vous intéresser, vous qui êtes dans le métier. Avec le barrage, plus besoin de faire escale à Assouan pour aller jusqu'en Haute-Nubie. Les touristes restent bien tranquilles sur leur bateau et poussent des Oh et des Ah en admirant le barrage. Ça leur fait une nouvelle attraction. Je peux vous dire qu'ils adorent. Toutes nos cabines sont occupées, mon bateau est plein à craquer, jamais vu ça. M'est avis que ça va pas s'arrêter. Le Caire grouille d'étrangers. On ne sait même plus où les mettre. Tous les petits hôtels sont bondés. À la dernière escale, j'ai dû rester dormir à bord. Complets. Tous les hôtels : complets ! Vous vous rendez compte ? Le capitaine se retourne.

Ritz n'est plus là. Son verre gît renversé à côté de sa chaise longue. Le capitaine grommelle. Va falloir nettoyer tout ça avant qu'un idiot glisse dessus et se casse la binette.

Ce soir-là, Marie-Louise trouve César dans leur cabine, une montagne de feuilles sur le petit bureau. Il gribouille, dessine, gâche de l'encre. Il lève ses petits yeux bruns vers elle. Un hôtel, Mimi ! Un hôtel en Égypte ! Il rit, un peu trop fort. Un Ritz au Caire !

La chute

Pendant quelques mois, César vit sur ses réserves d'énergie. Il se lance à corps perdu dans une gigantesque campagne de presse. Il faut que les journaux parlent du Ritz Paris, du Carlton, de tous les établissements qu'il gère. Il fait les choux gras des journalistes *people*. Untel est venu dîner au Ritz hier soir, le duc de X a particulièrement apprécié son caviar. César organise des déjeuners de presse, tutoie les journalistes, ceux du *Figaro* et d'*Hotel World*, du *Daily Mail*, et les chroniqueurs gastronomiques, les patrons de presse. Entrefilet, article, colonne, Ritz s'étale en caractères d'imprimerie aux quatre coins du monde.

Mais on ne peut pas faire tourner la machine sans l'alimenter en carburant. L'euphorie de César retombe comme un soufflet. En juin 1903, nouvelle crise. Officiellement, on parle de grippe, mais les médecins chuchotent Troubles mentaux et – pire – Syphilis. Il reste des heures cloîtré dans sa chambre, il fixe un point que lui seul voit, par-delà la tapisserie, par-delà le mur. Il se balance d'avant en arrière, dans son pyjama en soie taillé sur mesure. Il se lève brusquement fait le tour du lit se recouche. Parfois dans un accès de colère il arrache sa veste, la retourne avant de l'enfiler à nouveau. Il a fait couvrir tous les miroirs pour ne plus voir son visage cadavérique, ce visage qui ressemble à celui de Bellenger après la guerre, déjà mort, déjà enterré, six pieds sous terre n'en parlons plus.

Colère, prostration, lucidité, César oscille. Certains jours, il est assez bien pour correspondre avec les directeurs de ses établissements. D'autres, il s'enfonce dans un brouillard noir, rideaux tirés, lumières éteintes. Marie-Louise a donné l'ordre de ne plus lui apporter les journaux. Surtout pas d'agitation, aucune nouvelle perturbante du monde extérieur. Ça ne dure qu'un temps. Un jour de tempête, une petite bonne avec le *New York Times* sur un plateau. Le pape est mort. Marie-Louise retrouve César sur la moquette trempée de la chambre, fenêtres grandes ouvertes laissant entrer l'orage. Il gémit. Ainsi le monde meurt, la tombe est là et tout le siècle passé y court.

Déjà il s'efface. Henry Ellès dirige le Ritz Paris, et prend la tête du Carlton. Marie-Louise s'appuie sur Hans Pfyffer pour endosser un nouveau costume : celui de *business woman*. Les affaires continuent à tourner, les clients viennent et repartent, s'amusent, mangent, dorment, sans Ritz. Cette aberration : le monde continue à tourner sans lui. Tout dégringole. Il ne quitte plus leur maison, place des États-Unis, tandis que son nom continue à s'afficher partout. Lorsque son monde n'est pas trop noir, il s'occupe comme il peut. Toujours ce sentiment d'infériorité bien ancré, il étudie l'histoire et la sculpture avec un jeune professeur des Beaux-Arts. Il modèle dans la terre son chien endormi. Mais il n'est pas Michel-Ange. Lui, c'était l'hôtellerie, et c'est fini.

Quand il se sent assez bien pour sortir, il monte dans la voiture qu'il s'est offerte, une Charron rouge camion-de-pompier. Il a toujours aimé la belle mécanique. Il tourne en rond dans Paris, passe devant l'Hôtel de la Fidélité, Trocadéro, chez Voisin, lieux d'autrefois, il oublie peu à peu, se perd, se repère parfois, de moins en moins.

Le Ritz de Londres est inauguré en 1905. César s'y rend, il s'agite, docile marionnette à fils. La même année, il vend ses intérêts dans la Frankfurter Hof et le Grand Hôtel des Thermes de Salsomaggiore. Il se retire dans la villa Eich-Matt que Marie-Louise et lui viennent d'acheter sur le lac Küssnacht, près de Lucerne. Il retrouve un peu de souffle, assis sur la véranda de la maison au long toit. Il regarde ses chiens et ses enfants s'ébattant sur l'herbe qui descend jusqu'au lac, à travers le verger de pommiers et de poiriers. Il a une passion pour le petit René, légèreté insouciante, un peu arrogante, il retrouve chez lui la fanfaronnade de ses clients bien nés. Neuf ans et ça veut être acteur. Les petites pièces données sous la véranda, rideaux des fenêtres servant de scène. Et Charles, trop grand déjà pour ces jeux-là, où sont passées ces années d'enfance ? Évaporées, manquées. César leur apprend à tirer au fusil à pompe.

Le siècle a six ans et Escoffier quitte le navire pour un paquebot ; allemand en plus ! Il a pourtant été cuisinier au siège de Metz, en 1870, n'en réchappant qu'avec une boîte de thon, une chèvre, un poulet et un pot de Liebig.

C'est la compagnie Hamburg-Amerika Linie qui lance le projet : un vaisseau d'un luxe faramineux pour relier Hambourg et New York, avec pour restaurant une réplique du Ritz Carlton Grill de Londres. Charles Mewès, l'architecte parisien, maroufle les murs, tandis qu'Escoffier s'occupe d'aménager la cuisine, recruter le personnel, composer la carte. La veille de lever l'ancre, le Kaiser Guillaume II vient dîner à bord et déclare : Moi, je suis l'empereur d'Allemagne, mais vous, vous êtes l'empereur des cuisiniers. Voilà, Auguste a pris son envol loin de César. Ce sont toujours ceux qui nous sont le plus chers qui plantent le couteau. *Tu quoque*.

1907. César assiste à la création de la société du Ritz-Carlton de New York. Euphorie. Il démissionne de la Ritz Development Company. Mélancolie. Il a des éclairs de lucidité : en 1910, il approuve Marie-Louise qui veut ouvrir un Ritz à Budapest. Dans la foulée, le conseil d'administration du Ritz Paris le démet de ses fonctions d'administrateur de l'hôtel parisien. Désormais, il y a l'hôtel Ritz d'un côté et César Ritz de l'autre, les chemins s'écartent ; César s'éteint, le Ritz flamboie, s'agrandit, d'abord rue Cambon puis sur la parcelle du 17, place Vendôme.

1910, Édouard VII cesse définitivement sa vie de joyeux luron et s'en va rejoindre son Créateur. On lui fait des funérailles grandioses et les souverains d'Europe se pressent à Londres pour jeter une poignée de terre sur son cercueil. César entend clouer sa propre boîte de pin. Les fins ressemblent souvent aux commencements et l'appel du sang le pousse vers le Valais. Il se retire à Lausanne. La nuit, couché dans son lit, il sent les montagnes l'étouffer dans le noir. Leur masse menaçante glisse doucement vers lui. Les drames l'effleurent encore un peu. En 1913, René fait une chute dans une cage d'ascenseur. Il a la colonne vertébrale brisée. César rit et pleure. Il se souvient de l'Exposition universelle de 1867, Léon Edoux et son élévateur hydraulique. Géniale invention. Et René, son petit René, éclopé à vie. C'est la goutte d'eau, le vase déborde et se renverse. Marie-Louise fait interner César à l'Institut de la Villa Clara à Küssnacht, au bord du lac de Lucerne. 1914 le cueille là, quand d'autres montent au front. Mais César n'en sait rien ; il ne lit plus les journaux.

Küssnacht, octobre 1918

Les murs de la chambre sont tapissés d'hôtels à la mine de plomb, pauvres palais fantasmés qui s'étalent sur des dizaines de feuilles blanches. Sur la table de chevet, une photo. Un homme et deux enfants sur un petit pont, le plus jeune encore coiffé en fille. René est mort il y a sept mois d'une méningite cérébro-spinale. Le rideau ne se lèvera plus pour lui. Charles a émigré aux États-Unis, il paraît qu'il pêche à la mouche dans les torrents glacés qui dévalent les Appalaches. La guerre est toujours là. C'est la grande offensive Meuse-Argonne, les Bulgares ont déjà capitulé, les Allemands ne vont pas tarder à les suivre mais César ne le verra pas.

Un télégramme est parti il y a deux jours déjà pour Paris. Trop tard. Marie-Louise ne viendra pas. L'administration française ne laisse personne sortir du territoire. Et puis que dirait-elle à cet homme qui n'est plus que l'ombre de lui-même en train de s'éteindre sans gloire et sans faste ? Déjà, Ritz est entré dans la légende. Il y a longtemps qu'il a quitté son enveloppe d'homme pour devenir chimère, image de luxe et de raffinement aux quatre coins du monde. On sait son nom à Paris et à Londres, à Madrid, à Budapest, au Caire, à Montréal. Il n'a pas fini d'étendre ses tentacules de monstre, bientôt ce sera Boston, Philadelphie, Atlantic City, Boca Raton.

Lui retourne à la terre qui l'a vu naître. Il ferme les yeux et entend les cloches des chèvres, dans les montagnes bleues, le vent dans les aiguilles des mélèzes. Le temps est passé, le boa constrictor a resserré ses anneaux autour de lui. Il meurt usé, lui dont les cheveux blanchissent à peine. Il est seul avec l'infirmière qui le veille, mais il entend les rires dans la salle de bal, là-bas. Ils dansent et mangent et parlent fort. Il se retire, discret, sur la pointe des pieds. Un homme fume un cigare une femme accrochée à son bras. Elle a les cheveux roux et les taches de rousseur d'une Anglaise. Elle regarde autour d'elle et il voit ses lèvres bouger, ses lèvres rouges qui disent : *It's so ritzy.*

Composition : IGS-CP
Impression : CPI Bussière en janvier 2016
Éditions Albin Michel
22, rue Huyghens, 75014 Paris
www.albin-michel.fr
ISBN : 978-2-226-31735-3
N° d'édition : 21725/01 – N° d'impression : 2018139
Dépôt légal : février 2016
Imprimé en France